I0668727

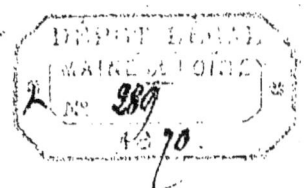

LES

BONNES FRAISES

LES

BONNES FRAISES

MANIÈRE DE LES CULTIVER

POUR LES AVOIR AU MAXIMUM DE BEAUTÉ

SUIVI D'UN CALENDRIER

Indiquant les travaux à faire dans une fraisière pendant
les douze mois de l'année

CONSEILS BASÉS SUR UNE EXPÉRIENCE DE VINGT ANNÉES

PAR

FERDINAND GLOEDE

Propriétaire
Membre de la Société Impériale et centrale d'Horticulture ; de l'Académie nationale
et de plusieurs autres Sociétés françaises
et étrangères

DEUXIÈME ÉDITION

PARIS

LIBRAIRIE CENTRALE D'AGRICULTURE ET DE JARDINAGE

Rue des Écoles, 62, près le Musée de Cluny

— Auguste GOIN, ÉDITEUR —

A MONSIEUR

LE COMTE MAXIME DE GOMER

PROPRIÉTAIRE

au château de Courcelles-sous-Moyencourt (Somme)

VICE-PRÉSIDENT

de la Société d'horticulture de Picardie

LE GÉNÉREUX PROTECTEUR DE L'HORTICULTURE

Hommage respectueux de l'auteur

FERDINAND GLOEDE

AVANT-PROPOS

L'accueil bienveillant et sympathique qui a été fait à la première édition de cet ouvrage, tant en France qu'à l'étranger par les amateurs et les Sociétés d'horticulture, est trop flatteur pour moi pour que je ne m'empresse pas d'en publier une deuxième édition, qui, j'ose l'espérer, sera accueillie avec la même bienveillance. Depuis quatre ans que j'ai transféré mon établissement à Beauvais (Oise), j'ai continué avec le même soin la culture du fruit de ma prédilection, et quoiqu'étant actuellement placé dans des conditions de climat et de sol tout à fait différentes de celles où je me trouvais précédemment, je n'ai rien trouvé à modifier dans les principes de culture décrits dans la première édition.

Un point capital restait cependant à accomplir, c'était celui de réformer les listes des

variétés à recommander, basée sur des essais
faits depuis cinq ans et augmentée des variétés nouvelles et perfectionnées, obtenues depuis cette époque. Ces listes ont été faites avec
tout le soin que mérite un pareil objet, et je
suis persuadé que les personnes qui voudront
bien s'en rapporter à mes indications ne seront point désappointées.

FERDINAND GLOEDE.

Beauvais (Oise), avril 1870.

Récompenses accordées à la première édition des BONNES FRAISES :

Société impériale et centrale d'horticulture de France, *médaille d'argent.*
Société d'horticulture de Meaux, *médaille d'argent.*
— de la Côte-d'Or, *id.*
— de Beaune, *id.*
— de Châlon-sur-Saône, *id.*
— de Beauvais, *id.*
— de Chauny, *id.*
— de la Seine-Inférieure, *id.*
— de Melun-Fontainebleau, *médaille de vermeil.*
— de Montmorency, *médaille d'argent.*
— de Picardie, *id.*
Académie nationale agricole de Paris, *id.*
Société royale d'agriculture et d'horticulture de Tournay (Belgique), *médaille d'argent.*

LES

BONNES FRAISES

CULTURE DE PLEINE TERRE

Choix du terrain et travaux préparatoires.

Contrairement aux assertions de bon nombre de
personnes, j'ose soutenir que le fraisier réussit
dans tous les terrains, à condition toutefois que
nous lui donnions quelques soins, peu considé-
rables d'ailleurs, en comparaison des nombreuses
jouissances que nous en retirons !

J'ai vu des fraisiers réussir parfaitement dans
les sables presque purs à Fontainebleau, et même
dans la forêt, aux alentours de la gare de Tho-
mery ; mais il convient d'ajouter que les personnes
qui s'en occupaient, ne regrettaient point un peu
de soins. J'en ai encore vu qui donnaient des produits remarquables, cultivés dans des cours de
grande ville, bien exposés à l'air et au soleil, mais
où il n'y avait pour ainsi dire point de terre végé-

1.

tale. Là, le propriétaire, amateur passionné, creusait des trous de 33 centimètres de diamètre sur autant de profondeur, qu'il remplissait ensuite avec un compost préparé d'avance et dans lequel il plantait ses fraisiers. Au bout de deux ans, il retirait compost et fraisiers et les remplaçait par d'autres composts et d'autres fraisiers; en agissant ainsi pendant bon nombre d'années, il avait la satisfaction de voir sa table abondamment garnie de fraises superbes et excellentes.

Dans les sables de Fontainebleau, on réussissait assez bien, en paillant régulièrement et en arrosant en cas de sécheresse.

Enfin, j'en ai vu qui donnaient de beaux fruits, cultivés dans du tuf et de la terre glaiseuse, sans addition de fumier.

Comme preuve du fait, je cite la circonstance, que très-souvent nous voyons des coulants s'enraciner spontanément, et former de beaux pieds trapus, dans les allées de nos jardins bordant les planches de fraisiers, desquelles toute la bonne terre a été enlevée et où, pour ainsi dire, aucun autre végétal ne pourrait être cultivé! Non pas que je veuille recommander la culture dans ces conditions, mais il convient de démontrer qu'aucun sol, tel médiocre qu'il soit, ne se refuse absolument à la culture du fraisier!

L'essentiel est d'avoir la ferme volonté de réussir, et les plus grands obstacles sont aisément vaincus.

Nous faisons souvent beaucoup de frais pour une fleur de peu de durée, nous donnons des soins assidus à un arbre fruitier qui souvent ne nous rend nos peines qu'au bout de longues années, et nous traiterions avec indifférence et parcimonie le plus joli et le moins exigeant de tous nos fruits, celui qui, souvent l'année même de la plantation, nous fournit un dessert magnifique?

A l'œuvre donc! et, avec un peu de persévérance, nous verrons arriver le moment où tout le monde, pauvre et riche, pourra se régaler de fraises à satiété.

En suivant mes instructions, personne n'aura à l'avenir le droit de dire que les fraisiers ne réussissent point dans son jardin.

Une fraisière doit être établie dans un endroit aéré, éloigné de grands arbres. Le grand soleil, loin de nuire aux fraisiers, leur est favorable, pourvu qu'ils reçoivent les soins que je vais indiquer dans les pages suivantes.

Le terrain destiné à la plantation doit être labouré profondément, à la bêche de préférence, et au moins à 33 centimètres, davantage si faire se peut. En labourant un terrain épuisé par d'autres cultures, on enterre un bon lit de fumier au moins à moitié consommé, dans une terre forte et humide, de préférence du fumier de cheval, de volaille, de lapin ou de mouton; et dans un sol léger et chaud de préférence du fumier de vache ou de porc. S'il est possible, ce labour doit être fait grossièrement avant l'hiver, afin de permettre aux gelées d'exercer leur influence bienfaisante en pénétrant dans le terrain. Si cependant on était obligé de différer le labour jusqu'au printemps ou en été, il serait essentiel de laisser la terre se tasser avant de procéder à la plantation.

Si la terre est bonne et non fatiguée par des récoltes épuisantes, on peut même très-bien se dispenser de l'engraisser pendant quelques années, mais dans ce cas, les terreautages après l'hiver ne doivent pas manquer.

Époque de la plantation.

Si on a chez soi des porte-coulants, je conseille de planter de très-bonne heure, en juillet s'il est possible, et si à cette époque le jeune plant est déjà assez fort pour subir la transplantation. Ce mode a deux avantages : le premier consiste en ce que les fraisiers ont le temps de s'enraciner profondément et de se fortifier avant l'hiver pour donner une pleine récolte l'année suivante, et le second, en ce que l'on ne perd pour ainsi dire pas de plant, attendu que l'opération peut être faite par un temps propice et au moment opportun, ce qui n'a pas lieu lorsque le plant vient d'ailleurs et souffrira dans cette saison chaude nécessairement plus ou moins du transport.

Si donc le plant n'est pas sous la main, on attendra le mois de septembre pour en faire venir; non-seulement il voyagera avec plus de sécurité, mais encore il sera plus vigoureux et pourvu de bonnes racines, et par conséquent reprendra plus facilement.

Il ne faut cependant pas s'attendre à récolter autant de fruits la première année que lorsqu'on plante en juillet.

Je dirai donc que le mois de septembre est le plus favorable pour faire des plantations générales, souvent même octobre vaut encore mieux.

En plantant en novembre ou décembre, on serait obligé de surveiller les jeunes plantations, ce qui dans cette saison offre souvent certaines difficultés. Si donc les plantations n'ont pu être terminées avant la fin d'octobre, je conseillerai d'attendre le printemps, et souvent le résultat sera le même qu'en septembre et octobre. S'il s'agit de planter au printemps avec espoir de récolter quelques fraises la même année, il faudrait s'y prendre de bonne heure : à partir de février, si le temps le permet, et jusqu'à la fin de mars. En avril, les boutons floraux commencent à paraître, et si on était obligé de procéder à la plantation alors, il faudrait supprimer les fleurs, car le plant ne serait pas suffisamment enraciné pour nourrir les fruits et, en outre, la réussite ultérieure serait compromise.

Manière de planter.

Le terrain étant dans les conditions précitées, on nivelle et on trace les planches ou les lignes, ensuite on prend un transplantoir; *fig.* 1, sorte de

Fig. 1. — Transplantoir.

petite truelle évasée, d'une grande utilité dans la culture des fraisiers, on ameublit la terre qui doit recevoir les fraisiers, on l'ouvre avec la main gauche et on écarte avec la main droite les racines obliquement dans le trou, *fig.* 2, après quoi on laisse tomber dessus la terre retirée par la main gauche et on appuye fortement autour du collet de

la plante, dont l'œil doit se trouver au niveau de
la terre, ainsi que nous l'avons indiqué par la ligne
ponctuée sur la figure ci-après.

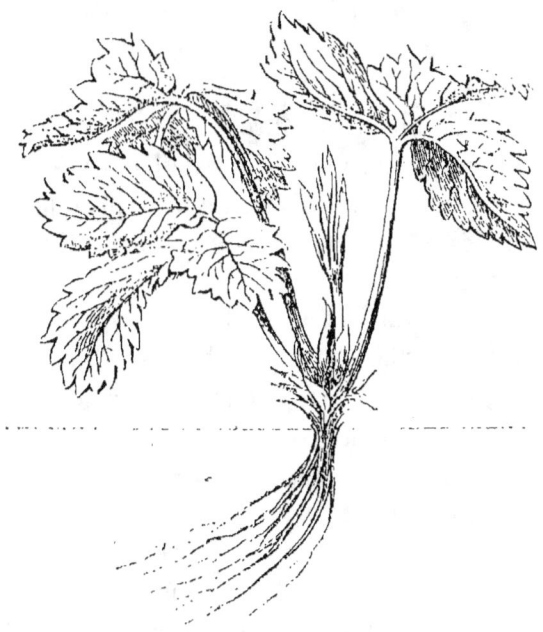

Fig. 2. — Pied de fraisier au moment de sa plantation.

Un grand vice dans la plantation des fraisiers
et qui ne peut être blâmé assez sévèrement, existe
malheureusement dans beaucoup de jardins, c'est
de planter au plantoir en emprisonnant les racines
en paquet dans un trou perpendiculaire.

Par ce seul fait, beaucoup de plantations ont donné de mauvais résultats.

Parce que dans ce cas, il arrive très-souvent que le jeune chevelu, si nécessaire à une bonne réussite, ne peut se développer, et avant qu'il parte de nouvelles racines du collet, la plante est morte !

La plantation du nombre de pieds voulu terminée, on arrose avec la pomme de l'arrosoir, même par un temps pluvieux, afin de faire promptement adhérer les racines à la terre, et on continue jusqu'à la parfaite reprise.

Dans les jardins de petite dimension, je conseille de planter en planches ou en bordures, tandis que pour la grande culture ou dans les grands jardins où on ne regarde pas à quelques mètres de terrain, je préférerais la plantation en lignes par les motifs qu'on lira plus loin.

Une planche doit avoir 1 mètre 20 centimètres de largeur et contenir trois rangées de fraisiers également espacés. Sur la ligne, on plante à 60 centimètres de distance et en quinconce.

En bordure, une distance de 40 centimètres entre les fraisiers est suffisante. Ces distances s'appliquent aux variétés à gros fruits; pour les *Quatre-Saisons*, on pourra faire quatre rangs par planche et planter les pieds à 33 centimètres de distance les uns des autres en tous sens. Si l'on veut faire des bordures de fraises de *Quatre-Saisons*,

la variété sans filet ou de *Gaillon* est préférable.
Outre qu'elle fait de très-jolies bordures, elle
n'exige aucune surveillance des coulants, et produit abondamment ses beaux et bons fruits jusqu'aux gelées.

Soins à donner aux fraisiers après la plantation.

Le soin le plus important est sans contredit l'en-
lèvement impitoyable des coulants, au moins une
fois par semaine, et avant que les rosettes ne
prennent racines. La différence de produit entre
du plant dont on a régulièrement supprimé les
filets et celui abandonné à lui-même et à la libre
émission des coulants, est incroyable. Je ne saurais
trop insister sur ce point. Non-seulement, toute la
sève qui servirait à alimenter une multitude de
jeunes plantes est nécessaire à renforcer les pieds-
mères et les mettre en état de produire une bonne
récolte, mais il y a en outre une question de pro-
preté, de bonne tenue, qui n'est pas sans valeur,
car les filets étant régulièrement détruits dans
une fraisière, rien ne s'oppose à esherber et à
donner à la plantation une apparence qui plaît
à l'œil.

S'il y avait plusieurs variétés dans la même
planche ou dans la même bordure, la suppression
des coulants garantit encore contre le mélange ce

qui est une question importante pour l'étude des mérites respectifs de chaque variété.

Une fois les fraisiers en place, on devra s'abstenir de les labourer, car cette opération aurait pour résultat de couper une multitude de racines tendres émises du collet, qui s'étendent très-loin, et qui sont d'une grande utilité à la santé de la plante.

Pour donner des binages, on se servira d'une ratissoire à pousser, ou d'une binette à deux dents; avec ces instruments, on détruit l'herbe en ameublissant la surface.

La plantation faite et soignée comme j'ai dit plus haut, les fraisiers passeront l'hiver le plus rude sans couverture ni abri; cependant, je recommande expressément de ne point leur retrancher les feuilles mortes ou desséchées, car elles sont nécessaires pour protéger le collet pendant les grands froids ou la neige, et on ne devra les enlever qu'en février ou mars.

Traitement après l'hiver et avant la fructification.

Lorsque, au mois de février, les fortes gelées sont passées, on nettoie les plantations, on enlève les vieilles feuilles et on donne en même temps un léger binage. Ensuite, on fera bien d'arroser une

fois par semaine avec du jus de fumier, ou à défaut, on répandra sur la terre une légère couche de
compost, de terreau, cendres de bois et de suie. La
végétation ne tardera pas à se mettre en mouve-
ment, et nous arrivons insensiblement à la fin de
mars, époque où il faut songer au paillis.

Pour cette opération, n'employer jamais ni
mousse, ni herbe fraîche, ni fumier; les premières
ont l'inconvénient d'héberger une foule d'insectes
et de faire développer des moisissures, et le dernier, s'il n'a pas perdu toute sa fermentation, brû-
lera les jeunes feuilles et les cœurs des fraisiers. Je
conseille donc d'employer de la paille fraîche
coupée, dont on couvre toute la surface des plantations, sauf le milieu de la plante.

Ce paillis empêchera que les fraises ne se salis-
sent et il a de plus l'avantage de rendre les arrosements presque inutiles, et par conséquent d'augmenter le parfum des fruits; car avec un bon paillis
on n'est pas obligé de les laver pour les servir sur
table.

Une autre matière, très-convenable pour le
paillis, et dont on fait un grand usage en Angleterre, est le tan ayant servi à la fabrication des
cuirs. Je me demande s'il ne serait pas permis
d'attribuer à ce genre de couverture l'absence
complète de vers blancs dans les cultures de fraisiers de nos voisins d'outre-mer?

N'ayant pas, ou presque pas de vers blancs dans

mon terrain à Beauvais, je n'ai pu me rendre compte de l'efficacité du tan; toutefois, je sais que plusieurs de mes amis en ont essayé et croient n'en avoir pas été plus heureux.

Malheureusement, il est à craindre que les efforts humains resteront vains pour nous débarrasser de cette peste. Espérons que les éléments viendront un jour à notre secours, ainsi que cela eut lieu il y a quinze ou vingt ans, lorsque, au moment de la sortie des hannetons, une forte gelée blanche ou des pluies de quelque durée en détruisirent un nombre incalculable !

A propos de tan, je recommande de ne jamais l'enterrer tant qu'il ne sera pas réduit en terreau, et, si l'on est obligé de détruire une fraisière après la récolte, de l'enlever avec un râteau pour le mettre en tas jusqu'à ce qu'il soit devenu terreau.

Outre les deux genres de paillis que je viens de recommander, j'engage principalement les amateurs qui ne regrettent pas un peu de peine supplémentaire, de se procurer ou de confectionner eux-mêmes des porte-fraises en fil de fer galvanisé, avec des pieds mobiles. *fig.* 3. On les enfoncera en terre au milieu de chaque fraisier après que le fruit est noué, en passant avec précaution les hampes fruitières en dedans de l'anneau. Ainsi tuteurées, les fraises n'étant plus couchées sur la terre, seront mieux exposées au soleil et se colo-

reront plus régulièrement. De plus, elles se con-
serveront mieux par les temps pluvieux, ce qui est
un grand avantage.

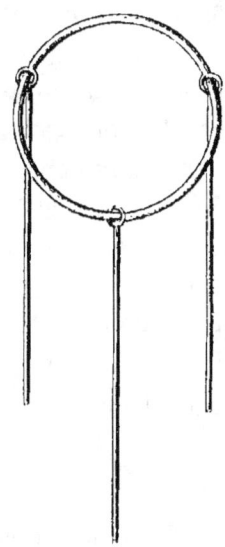

Fig. 3. — Porte-fraises avec pieds mobiles.

Épaisseur du fil de fer
Diamètre de l'anneau, 15 centimètres.
Hauteur des pieds, 30 centimètres.

Cueillette.

La cueillette des fraises est souvent mal faite,
aussi leur fraîcheur s'altère très-vite; il s'ensuit
que lorsqu'elles sont servies sur la table, beaucoup

sont déjà en état de décomposition, ou ont tout au moins perdu leur belle apparence. Je ne crois donc pas superflu de dire quelques mots sur la meilleure manière de les cueillir. D'abord, la cueillette ne doit être faite que le matin avant neuf heures, même par la rosée; le fruit doit être choisi parfaitement mûr et coloré sur toute sa surface. Il doit être coupé avec le pouce et l'index ou avec des petits ciseaux, et il doit conserver le calice et la queue. On le dépose au fur et à mesure dans un panier plat qui est ensuite porté à la cave ou dans un garde-manger très-frais.

Jamais une fraise ne doit être lavée; mais je suppose ici que le paillis a été bien fait. S'il en était autrement, on ne la lavera qu'au moment de la servir.

Emballage et transport des fraises.

Les fraises destinées à être transportées, devront être cueillies avec le calice et la queue, avant leur complète maturité, afin de mieux supporter le voyage. C'est un fruit tellement délicat, qu'il ne peut être convenablement transporté qu'à bras ou sur le dos, car un de ses grands mérites est d'arrivé non flétri et non froissé sur la table.

Cependant, beaucoup d'amateurs de fraises, et qui ne l'est pas? possédant un jardin éloigné de leur résidence en ville, seraient bien aises de s'en faire expédier régulièrement par leur jardinier lorsqu'une circonstance quelconque les oblige à passer quelque temps à la ville. Les personnes qui cultivent pour la vente, seront aussi bien aises de tirer bon parti de leurs fraises, surtout à l'état de primeur. Je conseille donc de se procurer des boîtes plates en bois solide et proportionnées à la quantité qu'on veut emballer et qui ne devront contenir qu'une seule couche de fraises. On mettra au fond un peu de ouate; ensuite, on garnira avec des feuilles fraîches et sèches de fraisier, puis on placera avec soin les fruits par rangs, en mettant entre chaque rang quelques feuilles, et ainsi de suite jusqu'à ce que la boîte soit pleine. On couvrira avec d'autres feuilles de fraisier et par-dessus encore avec de la ouate, en sorte qu'il ne reste aucun vide dans la boîte; puis on fixera le couvercle. Si l'emballage a été bien fait, les fraises doivent supporter sans dommage un assez long parcours en chemin de fer. Il va sans dire que l'on peut réunir plusieurs de ces boîtes dans un seul colis, en les attachant les unes sur les autres avec une bonne ficelle.

Usage des fraises.

Je n'apprendrai rien de nouveau à mes lecteurs en leur parlant des qualités bienfaisantes de la fraise. Tout le monde les connaît. Aussi, me bornerai-je à dire qu'on peut en manger à volonté, et à toute heure de la journée, sans le moindre inconvénient, à l'état naturel ou assaisonnée selon le goût de chacun.

Les fraises sont délicieuses avec du vin, du rhum ou du kirsch, et plus délicieuses encore avec du vin de Champagne. Un célèbre gourmet recommandait d'ajouter aux fraises du sucre en poudre arrosé avec un peu de jus de citron, et quiconque a jamais mangé en Angleterre des fraises avec de la crème, s'en souviendra toute sa vie !

Recette pour confitures. — Prenez pour 500 grammes de fraises, 500 grammes de sucre très-fin et en poudre, faites fondre le sucre avec un verre d'eau ; ensuite, faites-le bien cuire au cassé. Arrivé à ce degré, jetez-y les fraises et laissez bouillir sur un feu très-vif encore sept à huit minutes. Ensuite, retirez les fraises avec une écumoire et en emplissez vos pots. Cette opération terminée, remettez le sirop qui est resté dans la bassine sur le feu, et versez-en une cuillerée sur chaque pot de fraises. Ce qui reste de sirop est passé à la chausse ou au tamis, et en le mélangeant avec de l'eau, on obtient une boisson très-agréable.

Toutes les fraises indistinctement ne sont pas bonnes pour faire des confitures. Il faut choisir les variétés ayant la chair ferme et beurrée, telles que la *British-Queen*, la *Châlonnaise*, *Carolina superba*, mélangées avec des *Quatre-Saisons* et avec quelques fraises à chair rouge pour donner de la couleur.

J'ai mangé en Angleterre des confitures faites uniquement avec la variété *la Constante*, qui m'ont paru supérieures à toutes les autres.

Soins à donner aux fraisiers après la récolte.

Beaucoup de personnes croient, à tort, qu'une fois la récolte faite, les fraisiers peuvent, sans inconvénient, être abandonnés à eux-mêmes jusqu'au moment, souvent fort tard en saison, où il n'y a rien de mieux à faire au jardin! Erreur grave, car les plantes, plus ou moins épuisées par une abondante fructification, ont besoin de toute notre sollicitude pendant le reste de la belle saison si nous voulons les conserver une seconde année avec quelque espoir de succès.

Notre premier devoir est de donner à la terre un bon binage, et aux plantes des arrosements copieux avec de l'engrais liquide. Après cela, on rechaussera les pieds qui auraient le collet trop au-dessus du sol, car c'est de ce collet que partiront de jeunes racines destinées à rendre aux plantes une nouvelle vigueur. On surveille les mauvaises herbes, on bine légèrement lorsque la terre est plombée par des pluies d'orage, et on

arrose en cas de sécheresse. Il va sans dire que
les coulants seront toujours supprimés avant qu'ils
puissent prendre racines. Ainsi traités, les fraisiers peuvent donner des récoltes satisfaisantes
pendant deux ou trois années consécutives, bien
qu'il ne faille pas compter sur des fruits aussi gros
et aussi beaux qu'en culture bisannuelle.

Culture bisannuelle en lignes.

Ainsi que je l'ai dit dans un chapitre précédent,
je conseille ce mode de culture aux jardiniers qui
cultivent pour la vente, et aux propriétaires de
grands jardins qui veulent consacrer une certaine étendue de terrain pour la culture perpétuelle du fraisier, et qui voudront éviter par conséquent l'embarras de changer leurs fraisières de
place tous les deux ou trois ans. Après avoir fait
labourer et fumer, en cas de besoin, le terrain
choisi, on y trace des lignes de 1 mètre 30 centimètres de distance entre elles. (Je parle ici des
fraisiers à gros fruit qui nous occupent principale-
ment, car les *Quatre-Saisons* seront mieux cultivés
en planches.) On choisit en juillet une journée
sombre ou pluvieuse pour aller chercher à la pépinière (où des filets provenant des porte-coulants
ont été repiqués en juin), un certain nombre de
plants qu'on lève avec la truelle en leur laissant
une petite motte. On les transporte avec précau-

tion à la fraisière où ils sont plantés d'une manière
définitive à 50 centimètres sur la ligne. On leur
donne immédiatement un bon arrosement avec la
pomme sur toute la ligne ; on retourne à la pépinière, et on plante d'autres filets jusqu'à ce que le
terrain soit garni.

Bien que le soleil soit très-puissant à cette époque de l'année, on ne donne point d'ombre à ces
fraisiers. S'ils fanent un peu, il vaudrait mieux les
arroser dans les premiers jours, deux, trois ou
quatre fois, et les fraisiers n'en deviendront que
plus robustes.

Ils passeront l'hiver sans danger et donneront
l'été suivant une récolte complète de beaux et
excellents fruits, après avoir, bien entendu, été
entourés des soins indiqués dans les pages précé-
dentes.

On me demandera si l'on peut utiliser l'espace
entre les lignes? Je réponds : « Mieux vaudrait
s'en dispenser ; » car non-seulement la terre ne
pourrait pas être nettoyée et binée convenablement, mais en outre, elle serait épuisée au détriment des fraisiers qu'on y plantera l'année suivante. La récolte terminée, détruisez les plantes
et tracez de nouvelles lignes entre les anciennes,
que vous replanterez de nouveau comme les pré-
cédentes.

Faites bêcher les anciennes lignes et enterrez-y
du fumier ; alternez ainsi tous les ans vos planta-

tions dans le même carré, et vous serez émer-
veillé des magnifiques produits que ce mode de culture vous donnera !

Culture sur ados.

Ayant souvent reconnu que des fraisiers cultivés
sur ados mûrissent leurs fruits plus tôt, et qu'ils
deviennent ainsi plus beaux et meilleurs qu'en
terre plate, surtout en sol froid et compacte, je
crois devoir recommander le système suivant, qui
pourra être employé d'après la même manière
que celle recommandée dans le paragraphe *Culture bisannuelle en lignes*, les travaux préparatoires
étant les mêmes, à l'exception toutefois des ados.

A cet effet, on enlève la terre dans le carré à
1 mètre 33 centimètres de distance en distance,
sur une profondeur et une largeur de 33 centimètres environ ; on met dans la tranchée, environ 15 centimètres de fumier à moitié consommé
ou des feuilles mortes bien foulées, et on y remet
la terre que l'on a précédemment retirée, après
quoi on donne un coup de râteau pour égaliser et
arrondir les ados, et on tend le cordeau pour tra-
cer les lignes. Lorsque la terre s'est tassée convenablement, on procède à la plantation, qui doit
être faite semblable en tous points à la manière
déjà indiquée. La plantation terminée, on place
quatre briques sur champ autour de chaque frai-

sier, *fig. 4*, de sorte que les bords des briques se trouvent très-peu élevés au-dessus de la terre.

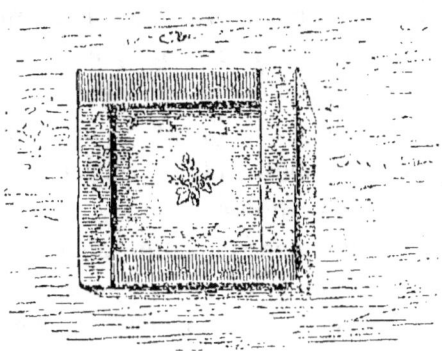

Fig. 4. — Plantation sur ados entourée de briques.

Au printemps suivant, on garnit les ados et tout autour des fraisiers, d'un bon paillis de tan ou de paille menue, pour s'épargner la peine d'arroser souvent. De cette façon, les fraisiers conservent leurs racines parfaitement saines pendant la grande humidité de l'hiver, et lorsque les chaleurs arrivent, l'encaissement des briques et le paillis éviteront totalement, pour ainsi dire, la peine d'arroser.

Une plantation ainsi faite, offre une jolie apparence et donnera des résultats extraordinaires, sous le rapport de la beauté du fruit, qui récompenseront largement du travail supplémentaire.

2.

Pépinière et porte-coulants.

Pour être à même d'avoir sous la main le plant nécessaire à une bonne plantation, ayez dans un endroit bien exposé une ou plusieurs planches, où vous planterez sur des lignes espacées entre elles au moins de 1 mètre 30 centimètres, de jeunes pieds de variétés que vous aurez reçues des fraisiéristes, et que vous voulez multiplier.

Donnez des binages à propos pour tenir la terre purgée d'herbes, et supprimez les fleurs qui se montreront au printemps. Les coulants ne tarderont pas à paraître, et avant qu'ils aient émis des racines, prenez des godets de 6 à 8 centimètres, emplis de bonne terre mélangée avec du terreau et bien tassée, enterrez-les autour des pieds mères, et posez dans le milieu de chacun un seul filet (rosette) que vous maintiendrez soit avec un petit crochet, soit avec une pierre, afin qu'il ne puisse être déplacé. Arrosez de suite, et répétez en cas de sécheresse. Au bout de quinze jours à trois semaines, les parois des godets seront garnies de racines. C'est le moment de sevrer les coulants de la mère, après quoi, il faut les visiter tous les jours pour les arroser en cas de besoin.

Aussitôt que vous voyez que le sevrage ne fait plus faner les jeunes plantes, dépotez-les et mettez-les à leur place définitive, et dans le cas où celle-ci n'aurait pas encore été préparée, mettez-les en motte à la pépinière, d'où ils pourront être enlevés sans crainte pour être transplantés au moment opportun. Si vous voulez hâter de ces pieds en pots, vous les rempotez de suite des godets dans les pots où ils devront fructifier. (*Voir* le chapitre CULTURE HATÉE.)

Dans le cas où un grand nombre de filets serait nécessaire, soit pour faire des plantations en pleine terre, soit pour la culture hâtée, on peut s'éviter la peine de les faire enraciner en godets, mais alors, il faut choisir un temps pluvieux pour enlever les coulants et les repiquer en pépinière à 10 centimètres les uns des autres.

Les filets ainsi repiqués, exigent une assez grande surveillance et des arrosements fréquents en cas de chaleur et de sécheresse. Il serait même bon de les couvrir chacun avec un pot renversé pendant la plus forte chaleur de la journée, jusqu'à la reprise. J'oubliais d'ajouter qu'il sera bon de supprimer les coulants secondaires qui se montreraient à la suite de ceux enracinés en godets, ce qui facilite la transplantation, bien qu'il ne faille pas croire que les seconds, troisièmes et filets suivants, aient moins de valeur que le premier sorti de la plante mère. Pour repiquer dans la pépinière, on peut donc les utiliser tous.

Engrais et amendements.

Répétant ce que j'ai dit déjà sur ce sujet, il est essentiel que tous les engrais à employer dans une fraisière soient au moins à demi consommés avant de les enterrer. Les fumiers de vache et de porc conviennent surtout aux terres sèches et chaudes; cependant, ce genre de sol s'accommode bien de tous les fumiers indistinctement, tandis que dans les terrains compactes et froids, les fumiers de cheval, de lapins, de volailles ou de mouton seraient préférables.

L'engrais humain à l'état de poudrette, ou mélangé avec du poussier de charbon de bois, est aussi très-précieux, mais à l'état pur il doit être employé avec précaution.

Les cendres de bois, de tourbe, d'os et de houille, ainsi que la suie, rendent également de grands services ; on s'en sert de préférence pour saupoudrer les fraisières au printemps et à l'automne par un temps pluvieux.

Le guano délayé dans de l'eau est très-bon, mais on doit se garder d'en user à l'état sec, car il brûlerait les racines tendres. Le terreau de feuilles, la terre de bruyère et enfin tous les détritus de jardin et de ménage, restés en tas pendant un an et retournés quelquefois, ne sont point à dédaigner.

Insectes nuisibles.

En première ligne je dois citer ici le ver blanc (*man*, *ture*) ou larve du hanneton commun, qui fait des ravages épouvantables parmi les fraisiers, dans certaines années et surtout dans les terrains légers et secs.

Malheureusement, lorsqu'on s'aperçoit de sa présence, le mal est fait, et la plante attaquée est perdue sans remède. Beaucoup de choses ont été essayées pour se débarrasser de cet affreux ennemi, mais toutes sans succès. Les uns plantent de la salade dans le voisinage des fraisiers, mais j'ai constaté souvent que les vers blancs laissaient les salades pour dévorer de préférence les racines des fraisiers.

D'autres ont engagé les cultivateurs à tolérer les taupes ; mais ce n'est, à mon avis, qu'une tribulation à ajouter à l'autre, car jamais leur présence ne m'a paru agir sur la diminution des vers blancs. Il y a quelques années, l'idée me vint d'essayer la fleur de soufre, et comme j'ai lieu d'être satisfait du résultat, je n'hésite pas à rendre compte du procédé que j'ai employé.

Un carré de mon jardin ayant été particulièrement ravagé pendant l'été de 1863, la seconde année de la vie de la larve, je me proposai de le faire défoncer pour retirer le plus grand nombre

de celle-ci; malheureusement, ce travail ne put
être exécuté qu'en novembre, à cause de l'extrême
sécheresse, et lorsque les vers blancs étaient déjà
descendus dans leurs quartiers d'hiver.

Le labour et la fumure faits, je me disposai à
replanter, en février 1864, mon carré avec de
nouveaux fraisiers. Avant d'y procéder, je fis répandre sur la moitié du carré une couche mince
de fleur de soufre, qui fut ensuite enterrée au
moyen d'une fourche.

L'autre moitié ne subit point cette opération,
et je plantai, à la fin du mois, mes fraisiers dans
le carré entier. Au mois d'avril, lorsque les vers
blancs remontèrent à la surface et qu'ils eurent
atteint le maximum de leur développement, je fus
agréablement surpris de voir que la moitié du
carré, contenant du soufre, restait totalement
épargnée, tandis que la partie non soufrée fut ra-
vagée au bout de quinze jours. L'acide sulfureux
aurait-il tué les larves, ou bien les aurait-il seulement chassées? Je n'ai pu résoudre cette question
par ce premier essai. Je me propose aussi d'essayer ce printemps, à la sortie des hannetons, quel
effet la fleur de soufre, répandue sur la terre et
les fraisiers, produira sur la ponte des femelles, et
si elles n'en seraient pas également éloignées? En
attendant, je puis ajouter que les fraisiers, dans la
partie soufrée de mon jardin, ont montré une végétation très-luxuriante, ce qui prouve que mon

opération leur a été favorable sous tous les rapports.

Ici comme avec le tan, des essais réitérés nous ont prouvé, hélas ! que la fleur de soufre, quoique très-précieuse sous d'autres rapports, n'est point un moyen qui nous débarrassera des vers blancs ! Il est vrai que, dans certaines localités, on a été satisfait de ce moyen, tandis que dans d'autres lieux le résultat a été négatif. Mais puisque le procédé est simple et peu coûteux, j'engage à continuer l'expérimentation partout où l'on est tourmenté par les vers blancs.

Je lisais dernièrement dans un journal agricole, que les cendres pyriteuses, provenant des forges et des hauts fourneaux, répandues sur la terre en labourant, paraissent avoir une efficacité remarquable pour détruire le ver blanc. — Ce serait un fait très-facile à vérifier.

Chenilles verte et grise. — Les fraisiers sont quelquefois, et surtout au premier printemps, attaqués par une petite chenille d'un beau vert, qui en dévore les jeunes feuilles avec une rapidité extrême ; on doit la chercher lorsque des feuilles dentelées accusent sa présence.

Une grosse chenille grise à peau extrêmement dure, et qui par sa couleur est très-difficile à trouver, attaque aussi les fraisiers entre deux terres. C'est la même que nous voyons souvent ronger le

collet des salades et couper les jeunes choux entre
deux terres.

Limaces. — Les limaces exercent souvent de
grands ravages à l'approche de la maturité des
fraises ; mais il est facile de s'en débarrasser en
plaçant de distance en distance, entre les fraisiers,
des petits tas de son dont elles sont très-friandes
et sur lesquels on les ramasse facilement le soir
ou de grand matin.

Fourmis. — Autre ennemi dégoûtant qui s'attaque aux fraises mûres, et qui peut être détruit
avec un peu de miel qu'on met dans des soucoupes
placées sur leur passage. Une fois rassemblées, on
verse de l'eau bouillante dessus. Je ne parle point
des pucerons, qui n'existent que dans la culture
forcée et seulement dans le cas où la ventilation a
été défectueuse et qu'on a négligé de donner de l'air.

Quelques observations sur les fraises dites Capron.

C'est la race si justement estimée par nos pères
et presque exclusivement cultivée avant l'obtention ou l'introduction des nombreuses et magnifiques variétés de fraises de race américaine.

Elle a été à tort abandonnée par beaucoup de
personnes, premièrement, parce que, disait-on,
l'espèce avait dégénéré et ne produisait plus de

fruits, ensuite, parce que le fruit ne plaît pas à l'œil, et possède un parfum très-particulier et très-prononcé.

Le capron est cependant aux autres fraises ce que le muscat est aux autres raisins.

Mon désir est de réhabiliter les capronniers auprès des nombreux amateurs de fraises ; je vais donc indiquer les soins nécessaires pour en obtenir une récolte abondante, et des fruits dans toute leur perfection.

Tout le monde ne sait pas qu'il y a parmi les capronniers des pieds à sexes séparés, les uns à fleurs exclusivement mâles, les autres exclusivement femelles. Il y en a aussi à fleur hermaphrodite, dont je n'ai pas besoin de m'occuper ici.

Or, voici ce qui arrivait : on se procurait par-ci par-là du plan de capron, et souvent il s'y trouvait plus de mâles que de femelles ; cependant, la première année, les plantes femelles donnant une récolte passable, on n'y attachait point d'importance.

Après la récolte, les pieds mâles, d'autant plus vigoureux qu'ils n'avaient pas fructifié, émettaient des masses de coulants qui couvraient bientôt le sol. La seconde année, la plantation ne donnait presque plus rien, parce que les pieds mâles (stériles) l'avaient envahie ; les années suivantes l'envahissement était arrivé à un tel point, que les pieds femelles avaient disparu, et qu'il n'y avait plus du tout de récolte.

3

Alors on disait : « Décidément nos fraisiers ont dégénéré, » et on les abandonnait.

Cela n'eût pas eu lieu, si l'on eût bien observé les pieds mâles et par conséquent stériles, et qu'on les eût tous arrachés après la floraison. Il est donc essentiel, en faisant une plantation de capronniers, de ne planter que des variétés à fleur femelle ou à fleur hermaphrodite, chez lesquelles une bonne récolte est toujours assurée. Des personnes prétendent à tort que, pour avoir des fraises sur les pieds femelles, il faut planter des pieds mâles dans le voisinage pour les féconder. Mais il n'y a pas plus de nécessité à cela, qu'il n'y en a d'avoir un coq dans la basse-cour pour avoir des œufs.

Le seul inconvénient serait peut-être l'absence de graines (fruits des botanistes), mais le réceptacle, ou ce que nous appelons fruit, n'existerait pas moins.

Dans une culture abandonnée, les fraisiers capronniers ne donnent presque jamais que des fruits petits ou moyens, et le plus souvent peu colorés, ce qui probablement a contribué à les faire tomber en disgrâce. Plus qu'aucun autre fraisier, le capronnier aime l'humidité ; si donc le terrain n'était pas naturellement frais, il faudrait arroser copieusement, particulièrement après la floraison. Cette race ne se plaît pas non plus à une exposition chaude ; mieux vaudrait le nord. Elle exige aussi moins d'engrais que les fraisiers en général,

car dans une terre trop fumée, les plantes pousse-
raient trop en feuilles, au détriment des fruits.

Les insectes, et particulièrement les limaces,
sont très-friands des caprons ; il importe donc
beaucoup, pour avoir des fruits parfaits et bien
colorés (époque où seulement ils auront toute leur
richesse et tout leur parfum), de tuteurer les
hampes fruitières avant que les fruits commencent
à se colorer.

Les personnes qui auront mangé les caprons en
parfaite maturité et cultivés d'après mes conseils,
ne regretteront point de leur avoir prodigué
quelques petits soins. Les caprons sont délicieux,
mangés seuls et assaisonnés selon le goût de chacun, meilleurs encore mélangés avec d'autres
grosses fraises.

Ils font en outre d'excellentes confitures à cause
de la fermeté de leur chair.

Multiplication et semis.

Multiplication. — Les fraisiers se multiplient de
quatre manières :

1° Par coulants ; 2° par division ou éclat de vieux
pieds ; 3° par bouture de hampes fruitières ; 4° par
semis.

La multiplication par coulants est indiquée dans
le paragraphe *Pépinière et porte-coulants ;* je n'y
reviendrai donc pas. J'ajouterai seulement que,

dans les jardins de petite dimension, où l'on manquerait de terrain pour établir une pépinière et une plantation de porte-coulants, on peut multiplier le nombre restreint de plant dont on aura besoin pour renouveler sa fraisière de la manière suivante :

On prendra les coulants lorsque les premières rosettes sont bien développées, et avant qu'elles aient formé le bourrelet d'où les racines doivent sortir. On les coupe et on les plante dans de petits godets remplis de bonne terre bien tassée et légèrement humide, dans laquelle on les maintient en pressant le cœur fortement sur le milieu du godet. Ensuite, on les transporte dans un endroit situé au nord, et on les couvre avec des cloches. On donne de l'ombre pendant le grand soleil, et il est rare qu'il y ait nécessité d'arroser. Les rosettes formeront promptement des racines, et aussitôt qu'on verra celles-ci garnir les parois des godets, on habituera les plantes graduellement à l'air, et on arrosera selon le besoin. Au bout de quinze jours à trois semaines, les jeunes pieds seront bons à être mis en place, bien entendu avec leurs mottes.

Par division ou éclat de vieux pieds. — Ce genre de multiplication n'est guère en usage que pour les fraisiers *Quatre-Saisons* sans filets; cependant, si l'on est à court de plant, ou si l'on a des variétés rares et précieuses qu'on tient à multiplier autant que possible, on divise les vieux pieds après la récolte, on raccourcit la partie ligneuse des racines, on supprime les vieilles feuilles, et on repique en pépinière à l'air libre.

Bientôt, de jeunes racines se développeront sur le collet, et la plante sera faite. Je dois observer, toutefois, que les pieds de fraisiers des grosses espèces obtenus par ce procédé, font rarement des sujets aussi beaux et aussi vigoureux que ceux provenant de coulants.

Par bouture des hampes fruitières. — C'est une autre manière de multiplier les espèces rares ou précieuses, et celles qui donnent peu de coulants.

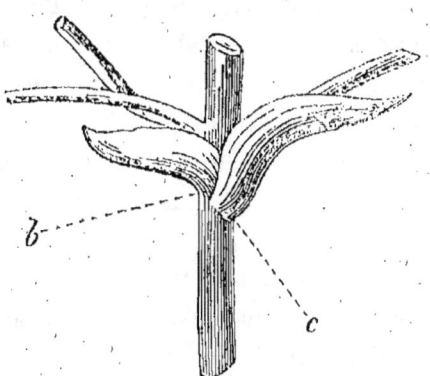

Fig. 5. — Bouture.
b. Point d'où sort le bourgeon.
c. Point d'où sortent les racines.

On prépare les boutures ainsi que nous le démontrons, *fig.* 5.

On les repique sous cloche à l'étouffée, on ombre, et au bout d'un temps plus ou moins long, on obtient une nouvelle plante qui sera traitée ensuite comme les autres, et qui souvent produira des fruits et de nouveaux filets dès l'automne de la même année. C'est, du reste, un procédé plutôt curieux que profitable.

Par semis. — Il n'y a que la race des fraises *Quatre-Saisons* qui se reproduit d'une manière à peu près identique de graines, tandis que les espèces et variétés à gros fruit, surtout celles de race américaine, varient à l'infini et ne reproduisent jamais le type d'où elles sont issues. Aussi, a-t-on recours au semis pour gagner de nouvelles variétés, et c'est un passe-temps très-amusant bien qu'il ne faille point se faire illusion sur le résultat ; car il arrive souvent qu'après avoir semé et élevé des centaines de pieds de semis pendant plusieurs années, on n'en découvre pas un seul digne d'être conservé.

Quelquefois cependant, il arrive qu'on obtient dans le nombre, un ou plusieurs gains supérieurs et distincts des variétés connues, et c'est vers ce but que les efforts des semeurs doivent être dirigés.

On a cherché fort longtemps une grosse fraise franchement remontante, ou à défaut, des variétés plus tardives que celles qui existent !

L'obtention d'une variété à gros fruit produisant

perpétuellement comme le fraisier des *Quatre-Saisons* a été jugée par moi-même presque impossible, cependant j'ai lieu de croire que je suis parvenu à l'obtenir; j'engage donc le lecteur à lire dans la *Liste descriptive de quelques variétés de race américaine,* la description de l'*Ananas perpétuel* que j'ai obtenu en 1866.

Les graines de fraises conservent rarement leur faculté germinative au delà d'une année; c'est ce qui fait qu'il y a des semeurs qui les sèment aussitôt le fruit récolté, c'est-à-dire en juin ou juillet.

Il est vrai qu'alors la graine lève promptement, mais l'espace qui nous sépare de l'hiver est trop court pour que les jeunes plantes puissent se développer assez pour résister aux intempéries de la mauvaise saison, et si l'on voulait les hiverner en les repiquant sous châssis, on se créerait des soucis et des peines à l'infini, sans pour cela avancer l'époque de la fructification!

A mon avis, il vaut infiniment mieux, après avoir extrait les graines de la pulpe des fruits destinés aux semis, les conserver dans des sacs de papier dans un endroit sec jusqu'après l'hiver, et ne les semer qu'à la fin de février.

Choix des porte-graines. — Souvent on a obtenu de beaux gains, de graines récoltées au hasard sur des fruits choisis; mais le hasard ne perfectionne pas les races, les types. Je recommande donc de procéder méthodiquement et de féconder artificiellement. Pour mère, il faut prendre la variété la plus rustique, la plus fertile, mais dont les fruits laissent peut-être à désirer sous le rapport de la qualité, et se servir du pollen des variétés remarquables par leur qualité, quand même les fruits de celles-ci ne seraient pas très-gros, ni la plante d'une rusticité suffisante.

J'arrive au moment de semer, fin de février.

On emplit des terrines en nombre nécessaire avec de la terre de bruyère bien émiettée, mais non tamisée, mélangée avec un peu de poussier de charbon de bois, et après avoir placé des tessons au fond pour servir de drainage.

On égalise la terre en la pressant dans la terrine, on arrose et on répand la graine aussi régulièrement que possible. Ensuite, on la presse avec la main et on la recouvre avec un peu de suie et du poussier de charbon bien fin, et par-dessus, on répand un peu de mousse sèche finement hachée, afin de favoriser la germination et empêcher le déplacement de la graine par les bassinages. On place les terrines couvertes d'un morceau de verre sous châssis et sur couche, à la température de 12 à 15 degrés centigrades; on a soin de ne jamais laisser sécher la surface des terrines; on ombre pendant le jour si le soleil est chaud.

Au bout de quinze jours à trois semaines, beaucoup de jeunes plantes paraîtront; c'est le moment d'enlever avec précaution la mousse, et de les habituer graduellement à l'air; mais on doit exercer une surveillance active afin de détruire les limaces qui pourront se trouver dans la bâche ou s'y introduire, car elles pourraient compromettre en une seule nuit toutes nos espérances. Afin de mieux garantir les jeunes fraisiers, on pourra de temps en temps les saupoudrer légèrement avec de la suie très-fine, et répéter cette opération après chaque bassinage.

Lorsque les petits fraisiers auront deux feuilles, outre les cotylédons, on leur donnera un peu plus d'air, et aussitôt qu'ils se toucheront, on les repiquera un à un dans de petits godets après avoir raccourci un peu les racines afin d'augmenter le chevelu; pour cela, on préparera un bon compost, moitié bonne terre franche, moitié de terreau de vieilles couches, et on y ajoutera un peu de sable fin de rivière et un peu de poussier de charbon. On replacera les godets sous châssis froid et on étouffera, pendant quelques jours, pour faciliter la reprise; celle-ci opérée, on donnera de l'air graduellement, et aussitôt le beau temps arrivé, je suppose en mai, on retirera les châssis tout à fait.

A cette époque, les jeunes fraisiers seront de jolies plantes bien trapues, et on les transplantera en motte à la place où ils devront fructifier. On leur donnera les mêmes soins qu'aux autres plan-

3.

tations ; on effilera sévèrement, et à l'entrée de l'hiver, ce seront des plantes d'une force suffisante pour résister aux intempéries de la saison. — L'année suivante, on aura la satisfaction d'en voir fleurir le plus grand nombre. On les visitera souvent, et on remarquera ceux des pieds qui donnent quelque espérance par leur première fructification, mais on se gardera bien de juger une fraise de semis la première année, car souvent, ses qualités générales se modifient d'une manière notable la seconde année, lorsque les pieds ont atteint tout leur développement.

Les semis de fraises des *Quatre-Saisons* peuvent être faits à la fin de mars, à l'air libre, sur planche terreautée.

Aussitôt que le jeune plant a quatre feuilles, outre les cotylédons, on le repique très-près l'un de l'autre en pépinière ; on sarcle et on arrose souvent. Six semaines après, on lui fait subir un second repiquage à la place où il doit fructifier, et on supprime tous les individus qui ne montreraient point de fleurs la même année, et qui par cette raison sont considérés comme dégénérés.

CULTURE HATEE

Je m'abstiendrai de parler de la culture forcée proprement dite, car je ne pourrais que répéter ce qui a été dit d'une manière si claire et si complète sur ce sujet par M. le comte Léonce de Lambertye, dans son remarquable ouvrage sur la *Culture for-cée par le thermosiphon des fruits et légumes de pri-meur*, livraison du FRAISIER [1].

D'ailleurs, le présent ouvrage étant principale-ment destiné à l'usage des personnes qui s'occu-pent personnellement de leur jardin, et aux jardi-niers de profession, je crois devoir ne parler que des procédés les plus simples et les plus faciles à exécuter.

Tout le monde sait avec quelle joie nous saluons, après un long hiver, l'apparition des premières fraises ; car, outre qu'elles font plaisir à l'œil et au

[1] Brochure in-8°, *franco*, 1 fr. 25 c. — Auguste Goin, édi-teur, rue des Écoles, 62.

palais, elles sont les messagers du retour du printemps. Il est vrai que les premières fraises que nous admirons avant le printemps chez quelques rares marchands de primeurs, coûtent fort cher, mais pas trop cependant, en proportion de la peine et des frais qu'elles ont occasionnés à leur producteur ; ce sont donc des primeurs uniquement destinées aux bourses privilégiées.

Cependant, avec moins d'exigence, il est très-facile et peu coûteux de se procurer de belles fraises (à coup sûr plus belles et surtout meilleures que celles provenant de la culture forcée), un mois avant que la récolte de pleine terre commence, et c'est la manière d'y parvenir que je vais développer dans les lignes suivantes :

Il n'y a point de jardin, si modeste qu'il soit, dont le propriétaire ou le locataire ne possède quelque coffre à châssis, qu'il serait désireux d'occuper d'une manière agréable et utile à la fois. Je dis agréable, car il n'existe pas d'occupation plus intéressante dans le jardinage que la culture des fraisiers sous châssis, à partir de la fin de janvier.

Préparation du plant destiné à cette culture.

Je suppose qu'on possède déjà quelques fraisiers devant servir de porte-coulants ; dans le cas contraire, il faudrait s'en procurer chez un fraisiériste consciencieux, et les demander en septembre, en sujets assez forts pour pouvoir en attendre un bon résultat.

Si l'on peut élever le plant chez soi, cela vaut mieux, et dans ce cas, on utilisera les premiers coulants aussitôt qu'ils commencent à montrer des racines. On les repiquera en pépinière dans une planche préparée à cet effet, on arrosera souvent, on ombrera pendant la plus forte chaleur de la journée, au moyen de pots renversés sur les filets jusqu'à la reprise. On tiendra le terrain purgé de mauvaises herbes, on binera quelquefois, on supprimera les filets qui se montreront, et on arrosera aussi souvent que le temps l'exigera. Ainsi traité, le jeune plant prendra promptement de la force ; au bout d'un mois à six semaines il sera assez fort pour subir un second repiquage. Cette fois, on le lèvera en motte et on rafraîchira avec la serpette les racines trop longues. On le plantera ensuite à 15 centimètres de distance, en arrosant de suite et selon le besoin, et en continuant les soins précédemment indiqués pour le premier repiquage, excepté toutefois l'ombrage, car la plantation en motte rendra cette opération superflue, tandis que maintenant, le grand soleil fera le plus grand bien au plant.

De temps à autre, on arrosera avec de l'engrais liquide ou du guano dissous dans beaucoup d'eau.

Au mois d'octobre, les fraisiers seront arrivés

au degré de force nécessaire pour produire au printemps suivant une abondante récolte, et ils supporteront impunément l'hiver le plus rigoureux.

Établissement d'une couche.

Vers la fin de janvier, on établit une couche moitié fumier de cheval, moitié feuilles, d'environ 80 centimètres de hauteur, de 2 mètres de largeur et d'une longueur proportionnée au nombre de châssis qu'on a à sa disposition, et qui ont, je suppose, 1 mètre 30 centimètres carrés. On charge cette couche de 20 centimètres de bonne terre franche bien mélangée avec un tiers de bon terreau de vieilles couches, et on y pose les coffres, couverts de leurs châssis ; il est à observer que la distance entre la terre et les châssis doit être de 15 centimètres. Nous donnons ci-après, *fig.* 6, le profil d'une couche pour la culture hâtée.

Aussitôt que la couche a jeté son feu, on procède à la plantation. On lève les fraisiers préparés en vue de cette destination, avec une bonne motte, et on les transplante avec précaution dans la terre de la couche, dont chaque châssis ne doit recevoir que quatorze fraisiers, en quatre rangs et en quinconce. On arrose avec la pomme de l'arrosoir, on couvre la terre autour des fraisiers d'un bon paillis, ensuite on remet les châssis. Si le temps est froid, on couvre la nuit avec des paillassons, et toutes les fois qu'il y a du soleil, on donne de l'air,

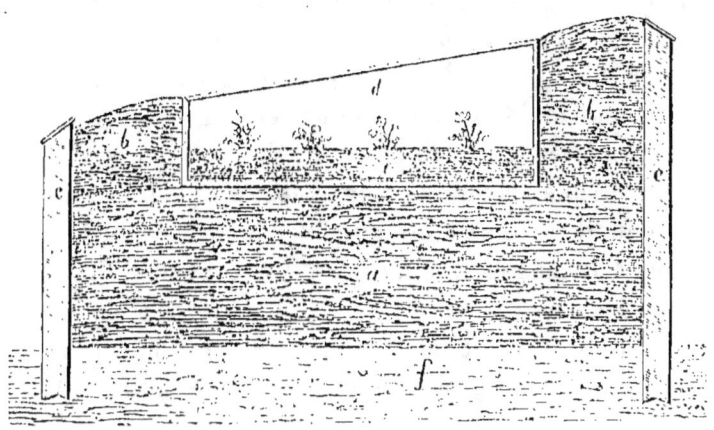

Fig. 6. — Couche pour la culture hâtée.

a Couche.
b, b Réchauds.
c Planches pour maintenir la couche.
d Bâche.
e Terre avec les fraisiers plantés.
f Sol du jardin.

ayant soin de baisser les châssis avant que les rayons solaires aient disparu de l'horizon. S'il y avait encore des fortes gelées, on garnirait le tour des coffres et jusqu'aux bords, avec du fumier neuf, pour maintenir une douce température.

A partir de ce moment, tous les soins se bornent

à esherber et à bassiner le soir après une journée claire, mais avec de l'eau tiède pour ne pas nuire à la végétation. On arrose seulement aux pieds, lorsqu'en enfonçant le doigt dans la couche on trouve la terre sèche.

D'ailleurs, les fraisiers plantés ainsi sans pots, exigent moins d'arrosements, et par conséquent, évitent beaucoup de peine.

Lorsque les fleurs commencent à se montrer, on donnera le plus d'air possible (point essentiel) et des bassinages avec de l'eau tiède, avant de baisser les châssis.

Contrairement à l'opinion de beaucoup de monde, je ne crois pas que de légers bassinages avec un arrosoir à pomme très-fine, pendant la floraison, puissent être nuisibles, car, combien de fois ne voyons-nous pas en avril, au moment de la floraison de nos fraisiers de pleine terre, des pluies fréquentes, sans que la fructification en soit compromise! La nature a bien fait ce qu'elle a fait, imitons-la donc autant qu'il dépend de nous. Lorsque les fruits sont noués, on visite les fraisiers avec soin, et si l'on tient plutôt à la grosseur qu'au nombre, on supprime sur chaque hampe quelques-uns des derniers fruits noués. Maintenant, il importe de concentrer la chaleur autant que possible, et on ne donnera de l'air que lorsque la température extérieure est très-chaude, et si le soleil est trop vif, on ombrera pendant quelques heures, de

onze à trois heures. C'est, du reste, le moment
d'arroser plus souvent pour aider au développement des fruits, mais toujours avec de l'eau bien
claire, et plutôt aux pieds et sans la pomme de
l'arrosoir. On cesse de mouiller, et surtout de bassiner, au moment où les fruits se colorent, et on
donne le plus d'air possible dans l'intérêt du parfum et du coloris. Il serait bon aussi, et malgré le
paillis, de piquer des petits tuteurs fourchus autour des pieds pour soutenir les fruits, ce qui leur
fera le plus grand bien, et permet de les laisser
mûrir à point avant de les cueillir.

Insectes nuisibles.

Dans la culture hâtée, il n'y a guère d'insectes
à craindre, sauf les fourmis et les limaces. On se
débarrassera facilement des premières en posant
une éponge imbibée d'eau miellée dans le coffre,
et lorsqu'on y voit des fourmis réunies, on la jet-
tera dans de l'eau bouillante et on la replacera au
même endroit jusqu'à ce qu'il n'y en ait plus.

Pour attirer les limaces, on placera de distance
en distance, sur des morceaux de bois plats, de
petits tas de son, dont elles sont très-friandes. On
visite soir et matin, et on enlève facilement l'ennemi.

Variétés propres à la culture hâtée.

L'expérience m'a démontré que beaucoup de nos plus belles variétés sont rebelles à la culture forcée, ou bien produisent fort peu de fruits, de sorte que beaucoup de personnes ont l'habitude de se tenir plutôt aux variétés très-hâtives, mais qui laissent plus ou moins à désirer sous le rapport de la qualité, telles que la *Princesse Royale*, la *Comtesse de Marnes* et autres. Il n'y a plus de raison de se servir de ces variétés en culture hâtée, et je recommande les suivantes, comme pouvant être employées en toute assurance. Elles donnent des fruits au moins aussi beaux et aussi bons qu'en pleine terre, et plusieurs d'entre elles auront en outre le grand avantage de supporter le transport à cause de leur chair ferme et de leurs graines saillantes.

* Avenir, — Belle de Paris, — * Carolina superba, — * la Constante, — * Doctor Hogg, — * Early prolific, — Eclipse (Reeve), — * Eliza (Myatt), — * Emma, — Empress Eugénia, — * Fairy Queen, — * Filbert Pine, — * Gweniver, — * Her Majesty, — * Impériale, — * Lucas, — Marguerite, — * Marquise de Latour-Maubourg. — Napoléon III, — * Président, — * Prince impé-

rial, — * Princess of Wales, — * Sir Charles
Napier, — * Sir Harry, — * Sir Joseph Paxton,
— * Souvenir de Kieff, — * Topsy, — Victoria.

Celles marquées * ont la chair très-ferme ou les
graines très-saillantes.

Culture hâtée en pots.

Si l'on préfère, pour un motif quelconque, cultiver les fraisiers en pots d'après la manière indiquée, on peut placer vingt pots sous chaque
châssis, car les fraisiers ne s'y développeront pas
autant qu'en pleine terre de couche, et par conséquent, pourront être plus rapprochés. On les enfoncera à moitié de leur hauteur dans la couche
et on les traitera, du reste, de même que les
plantes en pleine terre sur couche. Il ne me reste
plus, pour terminer ce chapitre, qu'à dire quelques
mots sur la mise en pots. J'ai déjà dit que les
plantes préparées pour la culture hâtée doivent
être arrivées à tout leur développement vers la fin
d'octobre, car dans ce cas seul il faut compter sur
une complète réussite. C'est aussi le moment de
rempoter celles qu'on veut cultiver en pots.

On se sert de pots neufs, ou à défaut bien lavés,
de 16 centimètres ; on pose quelques tessons au
fond pour le drainage, un petit lit de mousse sèche
dessus, et ensuite on saupoudre la mousse avec de

la suie, qui empêchera les lombrics (vers de terre) de s'y introduire, et en outre fournira une précieuse nourriture aux racines des fraisiers. On relève les pieds de la pépinière avec une bonne motte proportionnée à la dimension des pots, on les y introduit, et ensuite on garnit le vide avec un bon compost, ayant soin que les cœurs ne soient point couverts de terre. On arrose, et on place les pots dans un endroit aéré, où ils recevront le plus de soleil possible. Il est rare qu'on ait encore besoin de les arroser après. A la fin de novembre, et avant que les fortes gelées arrivent, on les transporte à l'abri, soit dans une orangerie, soit dans un hangar où ils ne sont point exposés à la neige ou au verglas, jusqu'au moment où la culture hâtée doit commencer.

Après la récolte.

La récolte terminée, on pourra utiliser ces fraisiers en les plantant en pleine terre en vue d'une très-belle récolte l'été suivant ; on pourra aussi s'en servir pour obtenir une petite seconde récolte à l'arrière-saison. (*Voir* le CALENDRIER, mois de juin.)

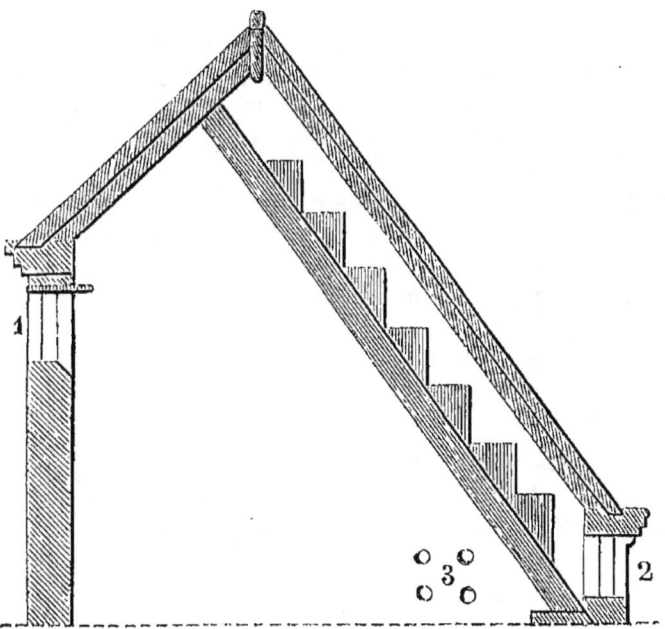

Fig. 7. — Serre à fraises pour la culture forcée,

à Enville-Hall, en Angleterre.

Hauteur jusqu'au sommet, 8 mètres 33 centimètres.

Longueur, 15 mètres 17 centimètres.

Largeur à l'intérieur, 3 mètres à 3 mètres 33 centimètres.

1 et 2 sont des ventilateurs en bois suspendus par des pivots au centre.

3, tuyaux de chauffage.

Les morceaux de bois diagonaux qui supportent les gradins sont de la distance habituelle afin de laisser l'espace suffisant pour arriver aux gradins par l'*intérieur* de la serre.

Il est à observer que tous les gradins sont à égale distance du vitrage et que la pente de celui-ci est telle, que les plantes reçoivent la plus grande somme de rayons solaires pendant les premiers mois de l'année, lorsque les fraises forcées sont le plus recherchées.

Nous avons vu des récoltes miraculeuses obtenues dans cette serre, et nous croyons qu'aucune autre n'est aussi convenable pour cet objet; c'est ce qui nous engage d'en donner le dessin et la description.

CALENDRIER

Janvier.

Dans ce mois, il n'y a pas grand'chose à faire dans la culture de pleine terre, si ce n'est de détruire les vieux fraisiers qui ne doivent plus rapporter et qui ont été conservés jusqu'ici pour porte-coulants. Il est expressément à recommander de ne jamais enterrer les vieux fraisiers en labourant, car ils favoriseraient des développements cryptogamiques et nuiraient ainsi aux cultures futures. Ou on les fait mettre au tas de détritus de toutes sortes, ou mieux encore, on les brûle sur place pour en répandre les cendres sur de nouvelles plantations de fraisiers, auxquelles elles font le plus grand bien.

On visite en cas de dégel les jeunes plantations de fraisiers, et si les gelées en avaient déchaussé les racines, on les enfoncerait de nouveau en serrant la terre fortement autour du collet. On commence à répandre du terreau, de la suie, des cendres, des boues de rue, ou toute autre substance

indiquée dans le paragraphe *Engrais et amende-*
ments, sur les fraisiers qui doivent rapporter cette
année ; mais on leur laisse encore les vieilles feuilles,
qui sont très-utiles pour préserver les cœurs contre
des gelées tardives.

A la fin du mois, on commence à préparer les
couches pour la culture hâtée, selon les instructions données dans le chapitre Culture hatée.

Dans ce mois, on doit s'abstenir de faire des
plantations en pleine terre. Si on recevait du plant
de loin, il serait de beaucoup préférable de le
repiquer sous châssis à froid jusqu'au mois de
mars, ou alors on le mettrait en place.

Février.

Les fortes gelées étant passées maintenant, on
s'occupe sérieusement de ses fraisiers.

Si des labours restent à faire, on les fait exécuter sans retard, et si la terre est suffisamment res-
suyée et tassée, on peut commencer à planter,
sans toutefois perdre de vue que des petites gelées
qui pourraient encore arriver réclament une surveillance active.

On commence à nettoyer les plantations et on
les bine légèrement ; cependant, on se gardera
bien encore d'enlever les vieilles feuilles. On ne
doit plus tarder de répandre du terreau ou du
compost autour des pieds, car dans cette saison ils

en retirent le plus grand profit. Si on était forcé
de conserver des vieilles plantations pour une
cause ou une autre, on en rechausserait les pieds
avec de la terre neuve en les buttant légèrement.
Par ce moyen, on obtiendrait encore une récolte
passable, si les fraisiers étaient d'ailleurs en bon
état de santé.

Aussitôt que les couches préparées à la fin du
mois dernier, ou au commencement de celui-ci,
seront en état, on procédera à la plantation des
fraisiers pour la *Culture hâtée* (*voir* ce chapitre), et
on les surveillera attentivement.

On commencera aussi à semer les graines de
fraisiers à gros fruit qu'on aurait conservées à
cet usage depuis l'été dernier. (*Voir* le paragraphe
Semis.)

Mars.

Voici un des mois dans lesquels la culture des
fraisiers demande la plus grande attention. C'est
le moment de faire des plantations sur une grande
échelle si on n'a pu les faire à l'automne. Les filets
transplantés maintenant peuvent encore donner
une petite récolte en juin ; si cependant on possède d'autres plantations faites dans de bonnes
conditions en septembre ou octobre, on fera mieux
de ne pas laisser fructifier les pieds qu'on plante
maintenant, pour en avoir des produits magnifiques l'année prochaine.

4

On continue à détruire l'herbe entre les fraisiers ; on en enlève les vieilles feuilles de l'année dernière et on commence à s'occuper du paillis, *voir* ce paragraphe. En cas de sécheresse et pendant le hâle de mars, on fera bien d'arroser deux fois par semaine, le matin, avec du jus de fumier ou du guano à l'état liquide.

Les filets commenceront aussi vers la fin du mois à se montrer, et on les supprimera au fur et à mesure, tandis qu'on favorisera le développement des coulants qui naîtront sur les porte-coulants. On surveille le semis fait le mois précédent sous châssis et on l'esherbe. On sème des fraises des *Quatre-Saisons* en pleine terre si l'on prévoit avoir besoin de les renouveler par la voie du semis.

On surveille la culture hâtée en donnant beaucoup d'air pendant le jour, et surtout au moment de la floraison.

Avril.

Les plantations de printemps devront être terminées vers la fin de ce mois, il serait même très-sage, et dans l'intérêt de la réussite ultérieure des fraisiers, d'en supprimer les fleurs sur ceux qui ont été plantés dans ce mois-ci.

Si le paillis n'a pas été fait le mois précédent, il est urgent de le faire maintenant ; à la fin du mois, on doit aussi placer les porte-fraises aux pieds que l'on veut soigner tout particulièrement. Si le paillis a été bien fait et à temps, on peut se dispenser d'arroser jusqu'à ce que les fleurs soient passées. Après cela, des arrosements copieux, faits le matin, contribueront à faire grossir les fruits, mais ils doivent cesser à l'époque de la coloration.

Continuer à tenir le terrain purgé d'herbes, et supprimer les coulants sur les plantes qui doivent fructifier.

Dans la culture hâtée, les premiers fruits commenceront à mûrir vers la fin du mois.

On surveille les limaces et les fourmis qui se seraient introduites dans les coffres, et qui sont faciles à détruire par les moyens indiqués dans le paragraphe *Insectes nuisibles*. Donner beaucoup d'air pendant le jour pour augmenter le parfum et le coloris des fraises.

Supprimer les fleurs des fraisiers *Quatre-Saisons* pour en avoir en plus grande abondance lorsque les grosses fraises ont cessé de donner.

Mai.

Dans le cas où l'on veut encore planter des fraisiers dans ce mois, il est indispensable, non-seulement de les arroser souvent, mais surtout d'en supprimer rigoureusement les fleurs, qui ne pourraient produire que des fruits chétifs et défec-

tueux, tandis que l'avenir des plantes serait com-
promis.

Il va sans dire que la même observation a lieu
par rapport aux coulants. Vers le milieu du mois,
quelques variétés précoces et à bonne exposition
commenceront à mûrir leurs fruits. On les cueille
de préférence le matin avant que le soleil n'ait fait
évaporer la rosée, et on les conserve dans un lieu
frais jusqu'à l'heure des repas.

Les porte-coulants commenceront à donner des
filets, et pour les faire enraciner promptement,
afin de s'en servir de bonne heure pour de nouvelles plantations, je recommande d'enterrer autour des porte-coulants, des godets de 6 centimètres remplis de bonne terre mélangée avec du
terreau, sur le milieu desquels on fixera la rosette
au moyen d'un petit crochet en bois ou en fil de
fer, et l'on arrose.

On pince les coulants secondaires qui naissent
successivement du premier, afin de concentrer
toute la force dans celui-ci. Au bout de quinze
jours à trois semaines, si les godets ont été bas-
sinés au moins une fois par jour, les parois sont
garnies de racines, et alors on sèvrera les filets des
pieds-mères. Les plantes ainsi préparées, seront
ensuite déposées en mottes dans un endroit aéré
et dans une bonne terre préalablement préparée à
cet effet, où elles pourront rester sans inconvénient jusqu'au moment de s'en servir, soit pour

plantations en pleine terre, soit pour être mises
en pots pour être forcées ou soumises à la culture
hâtée.

Les arrosements et l'arrachage des herbes ne
doivent pas être négligés dans cette sorte de pépinière, et tous les filets que ces fraisiers émettront dans le courant de l'été seront sévèrement
supprimés. C'est le moyen de se procurer des
plantes fortes et vigoureuses, résistant aux plus
durs hivers et promettant pour l'année suivante
abondance de fraises atteignant le maximum de
leur beauté.

Juin.

Les fraisiers hâtés finissent leurs produits au
commencement du mois. On peut les utiliser en
les plantant en pleine terre après avoir écrasé un
peu la motte et supprimé une partie des racines,
et l'année suivante ils donneront une très-belle récolte, pourvu qu'ils aient reçu tous les soins
nécessaires d'arrosement, nettoyage et effilage.
On peut aussi en tirer un autre parti en plaçant
ces fraisiers avec leurs pots au nord, les privant
une quinzaine de jours d'arrosements, après
quoi on enlèvera les vieilles feuilles; on binera
autour de la plante en ajoutant de la terre neuve
jusqu'au bord, et on arrosera selon le besoin, et
de temps à autre, avec du jus de fumier ou de la
colombine délayée dans beaucoup d'eau. De cette

4.

manière, on obtiendra souvent une seconde récolte passable en août et en septembre, époque où
un plat de grosses fraises sera une grande rareté.
Les pieds, ainsi traités, seront bons ensuite à être
jetés.

C'est le moment où les fraisiers de pleine terre
donnent en abondance. On continue à soigner les
rosettes des porte-coulants, ainsi qu'il a été dit le
mois précédent. Il doit y en avoir maintenant un
grand nombre, et pour éviter la peine de les faire
enraciner tous en godets, on en repiquera la plus
grande partie, et au fur et à mesure qu'ils font
des racines, dans des planches destinées à cet
usage.

Juillet.

Continuation de la récolte, spécialement des variétés tardives et celles cultivées au nord.

Soins réitérés aux filets destinés aux nouvelles
plantations.

Au fur et à mesure que les plantes ont terminé
leur fructification, et dans le cas où elles doivent
rester une autre année à la même place, on enlève
le paillis non consommé, surtout s'il a été fait avec
du tan ; on donnera un binage, on couvrira avec du
fumier bien consommé et on arrosera au besoin,
car les plantes plus ou moins épuisées par une
abondante récolte ont besoin de ces soins, si l'on
veut les conserver avec quelque chance de profit

pour l'année suivante. Certaines personnes ont l'habitude de couper les feuilles des fraisiers après la récolte, mais c'est un système vicieux qui doit être abandonné.

Août.

Les grosses fraises sont épuisées maintenant, excepté quelques-unes que nous récoltons sur les pieds hâtés au printemps et qui produisent une seconde récolte après avoir été traités selon mes indications du mois de juin.

Les fraisiers des *Quatre-Saisons* doivent donner en abondance dans ce mois, et il faut continuer de les arroser copieusement si l'on veut en jouir pendant tout l'automne.

Vers la fin du mois, on commencera à faire ses commandes de plants si l'on n'en a pas chez soi, afin de les recevoir en septembre, et on prépare le terrain pour de nouvelles plantations.

On laboure profondément et on fume avec du fumier à moitié consommé, pour avoir du terrain tout prêt à la plantation, car il faut bien se garder de planter de suite dans un sol fraîchement remué; il est nécessaire que la terre ait eu le temps de se tasser.

Les filets préparés en godets, ou bien ceux repiqués en pépinière en juin ou juillet, et destinés pour la pleine terre, sont maintenant bons à être mis à leur place définitive, et, comme ils sont en motte, on peut planter par n'importe quel temps,

pourvu qu'on arrose copieusement en cas de sécheresse.

Septembre.

Voici le moment arrivé de faire les grandes plantations, et celui aussi où l'on peut avec sécurité
faire venir du plant de chez les fraisiéristes, soit
qu'on en manque, soit qu'on veuille essayer de
nouvelles variétés.

Les pieds plantés en juillet et août émettront
pendant ce mois de nombreux coulants qu'il faudra
supprimer rigoureusement. Sarcler la terre souvent, afin qu'elle ne soit pas épuisée par de mauvaises herbes au détriment des fraisiers. Continuer
d'arroser les fraisiers des *Quatre-Saisons* pour ne pas
ralentir leur fructification. Commencer à diviser les
fraisiers sans filets pour bordures, ce qui doit être
fait tous les deux ans, car autrement, les pieds de-
viendraient trop touffus et ne produiraient plus de
beaux fruits. Si, cependant, le temps était chaud et
sec, différer l'opération jusqu'au mois prochain.

Si des fraisiers, venus de loin, étaient un peu
fatigués ou fanés par le voyage, il serait bon, avant
de les planter, de les plonger pendant quelques
heures dans de l'eau, ce qui leur rendrait leur fraîcheur. Si quelques soins de plus n'effrayaient pas,
on pourrait planter d'abord sous cloche ou sous
châssis à froid, à l'étouffée, ce qui rendrait la reprise ultérieure plus certaine.

Octobre.

Continuer des plantations sur une grande échelle, surtout dans les terrains légers et secs où les fraisiers auront encore le temps de reprendre racines avant l'arrivée des fortes gelées. C'est le bon moment d'empoter les pieds destinés à la culture forcée. Après cette opération, on place les pots dans une situation aérée et accessible aux rayons solaires, et par un temps sec on bassine souvent. A la fin du mois, on ne peut plus guère compter sur les fraises des *Quatre-Saisons*, lesquelles d'ailleurs, par les nuits longues et fraîches, n'acquièrent plus de parfum, à moins qu'on ait des châssis à sa disposition pour couvrir les planches.

Novembre.

Si dans ce mois on avait encore des plantations à faire, il faudrait agir avec précaution, car les gelées déracineraient quelquefois les jeunes fraisiers récemment plantés, en soulevant la terre, et si on ne les visitait pas après le dégel, pour les resserrer dans leur place, ils en souffriraient considérablement. Le plant tiré de loin doit maintenant être repiqué sous châssis à froid, pour n'être mis en place qu'en février ou mars.

Si, dans ce mois, de fortes pluies survenaient, il serait prudent de coucher sur le côté les pots des-

tinés à être forcés, pour empêcher la terre de se
saturer d'humidité.

Dans le cas où on aurait des coffres disponibles,
on y pose les pots à la fin de ce mois et on tient
les châssis baissés jusqu'au moment où le forçage
doit commencer. En laissant les pots à l'injure du
temps pendant cette saison, on s'exposerait non-
seulement à les faire casser, mais, ce qui est pis,
à ce que les cœurs des fraisiers soient endom-
magés par des faux dégels ou de la neige, incon-
vénients qui n'existent point pour la culture de
pleine terre !

Décembre.

Si le temps le permet, faites labourer grossièrement et fumer le terrain destiné aux plantations
printanières, afin que les gelées, en le pénétrant,
y exercent leur influence bienfaisante. Détruisez
les vieilles plantations épuisées, en brûlant les racines dont la cendre devra être répandue sur les
fraisières en rapport. Faites retourner le tas de
compost devant servir à la culture hâtée en janvier, et préparez-en de nouveaux avec toute sorte
de détritus de jardin, tels que : feuilles, râclures
des allées, cendres de bois, de tourbe ou de houille,
suie, et jetez-y aussi les eaux de cuisine. Dans ce
mois, il vaut mieux s'abstenir complétement de
planter en pleine terre.

LISTE DESCRIPTIVE

DES BONNES FRAISES

Possédant toutes les qualités désirables à titres divers

L'ÉLITE DE CE QUI A ÉTÉ OBTENU JUSQU'A CE JOUR

VARIÉTÉS DE RACE AMÉRICAINE

Ananas ou anglaises, chiliennes et écarlates.

Admiral Dundas (Myatt).

Fruit très-gros, souvent énorme, de forme variable, les plus gros et les premiers en crête de coq, les suivants en cône allongé, quelquefois aplati; couleur rose orangé; chair rose, ferme; graines saillantes; goût bon pour une aussi grosse fraise.

Plante rustique et très-fertile la deuxième année de plantation; maturité tardive et prolongée.

Obtenue en 1854 par M. Myatt, jardinier maraî-

cher à Deptford, près Londres, introduite en France
par nous en 1855.

Ce fraisier est indispensable dans une collection
de choix.

Alexandre II (Gloede).

Fruit très-gros, de forme en cœur ; couleur orangé,
plus foncé du côté du soleil ; graines saillantes ;
chair saumon, très-juteuse, sucrée, richement parfumée. La plante est vigoureuse, très-productive
et très-précoce.

Obtenue par nous en 1868.

Ambrosia (Nicholson).

Fruit gros, de forme ronde ou ovale ; rouge
foncé vernissé ; graines enfoncées dans les alvéoles ; chair vermillon à la circonférence, blanche
au centre, pleine, très-juteuse, très-sucrée, parfumée, excellente, avec un goût très-prononcé de
mûre.

Plante très-vigoureuse et rustique, fertile, demi-
hâtive, propre à la culture forcée.

Obtenue en 1856, par M. Nicholson à Eggles-
cliffe, en Angleterre, et introduite en France par
nous la même année.

Ananas Lecoq.

Fruit gros ou très-gros, de forme variable et irrégulière; couleur rouge vif; chair pleine, rosée, sucrée, et dans les années chaudes, ou sous verre, avec un parfum d'ananas très-prononcé.

Plante très-vigoureuse et très-rustique, d'une grande fertilité; maturité tardive.

Obtenue il y a environ quinze ans par Lecoq, jardinier à Angers.

Ascot Pineapple (Standish).

Fruit gros, ovale ou conique; rouge cerise vernissé; graines saillantes; chair blanche, veinée de rouge, juteuse, très-sucrée, avec un parfum très-prononcé d'ananas.

Fraise exquise!

Plante rustique, vigoureuse et fertile, de maturité moyenne.

Obtenue en 1866 par John Standish, horticulteur à Ascot, en Angleterre; introduite en France par nous en 1868.

Avenir (Dr Nicaise).

Fruit gros ou très-gros, de forme ovale ou conique; rouge vermillon brillant; graines à la surface; chair blanche à cavité centrale dans les plus gros fruits, juteuse, très-sucrée, délicieusement parfumée.

Fraise dans le genre de *Marguerite* (Lebreton), mais ne possédant point les défauts de celle-ci.

5

Obtenue à Châlons-sur-Marne par le Dr Nicaise il y a trois ou quatre ans.

Barnes large white; synonyme : *Bicton white Pine.*

Fruit gros ou très-gros, de forme ronde ou aplatie, quelquefois en crête de coq; couleur d'un blanc ambré; graines roses, saillantes; chair d'un blanc diaphane, creuse, juteuse, acidulée, sucrée, parfumée, très-bonne.

Plante vigoureuse et fertile, de maturité moyenne ou tardive.

Obtenue en 1847 par James Barnes, jardinier de lady Rolle, à Bicton, dans le Devonshire, connue en France dès 1849.

C'est la meilleure fraise à fruit blanc et un joli ornement du dessert.

Belle Bretonne (Boisselot).

Fruit très-gros, en cône obtus ou aplati et lobé; d'un rouge vif vernissé; graines saillantes; chair rose, ferme, juteuse, fondante, sucrée, très-parfumée.

Plante très-rustique et vigoureuse, d'un grand produit et à pédoncule long et solide, supportant ses beaux fruits bien au-dessus du feuillage. Variété assez tardive.

Obtenue par M. A. Boisselot, amateur distingué, à Nantes, en 1866.

Belle Cauchoise (Acher).

Fruit gros ou très-gros, de forme ovale ou aplatie; couleur rouge cerise vif; graines saillantes; chair rose, ferme, beurrée, sucrée, extrêmement fine et d'un parfum exquis.

Plante vigoureuse très-fertile et de maturité moyenne.

Obtenue en 1865 par M. Acher, à Yvetot.

Belle-de-Paris (Bossin).

Fruit très-gros, de forme conique; couleur rouge vif; graines petites et saillantes; chair vermillon à la circonférence, blanc rosé au centre, sucrée, sans acidité, saveur relevée, malheureusement un peu tendre à parfaite maturité.

Plante très-vigoureuse, très-rustique, extrêmement fertile, tardive; bonne à forcer en seconde saison.

Cette variété, dont l'origine est inconnue, a été mise au commerce en 1851 par la maison Bossin.

Bijou (de Jonghe).

Fruit moyen ou gros, de forme ovale ou conique; conformation toujours régulière: couleur rose vif luisant; graines jaunes très-saillantes, placées dans un ordre symétrique parfait; chair d'un blanc mat, ferme, pleine, sucrée, relevée; maturité tardive.

Plante d'une croissance trapue, avec des pédoncules fermes, rustique, mais donnant peu de coulants.

Obtenue en 1859 par M. de Jonghe, à Bruxelles, introduite en France par nous en 1862.

Bonté de Saint-Julien (Carré).

Fruit de grosseur moyenne, de forme régulière, arrondie ou conique; vermillon; graines peu enfoncées; chair rose, pleine, sucrée et parfumée. Bonne fraise.

Plante naine, vigoureuse, rustique, et très-fertile. Maturité tardive et prolongée.

Obtenue en 1857 par M. Carré, horticulteur à Troyes.

Boule d'Or (Boisselot).

Fruit gros ou très-gros, de forme ronde ou lobée; d'un beau orange vif très-vernissé; graines saillantes; chair pleine, blanc de neige, beurrée, fondante, très-sucrée et parfumée.

Plante très-rustique et vigoureuse, de fertilité moyenne, mûrissant ses magnifiques fruits assez tard.

Obtenue par M. Boisselot, de Nantes.

British-Queen (Myatt).

Fruit gros, de forme irrégulière, souvent allongée en cône, aminci ou tronqué, quelquefois aplati ; rouge vermillon clair ; graines saillantes ; chair blanche, pleine, ferme, beurrée, fondante, sucrée, délicieusement parfumée.

Plante assez vigoureuse et fertile, lorsqu'un terrain lui convient ; maturité prolongée. Malheureusement la culture en a été abandonnée dans beaucoup d'endroits, parce que, après une première récolte, les feuilles jaunissent et occasionnent la mort de la plante. Peut-être réussira-t-elle mieux en culture bisannuelle ?

Obtenue en 1840 par M. Myatt, à Deptford, et connue en France en 1847 ou 1848.

British Sovereign (Stewart et Neilson).

Sous-variété de la précédente et qui est moins difficile sur le terrain et le climat. Sous d'autres rapports, elle a beaucoup d'analogie avec la *British-Queen*.

Obtenue en 1859 par Stewart et Neilson, horticulteurs à Liscard, en Angleterre, et introduite en France par nous en 1861.

Carolina superba (Kitley).

Fruit gros, en cône obtus ou en cœur arrondi, à

col; couleur rouge orangé; graines saillantes; chair entièrement blanche, pleine, beurrée fondante, très-sucrée, d'un parfum exquis.

Plante naine, rustique, tallant peu, fertile et de maturité moyenne. Bonne pour forcer en seconde saison. Ne devrait manquer dans aucun jardin.

Obtenue en 1854 par J. Kitley, jardinier à Bath, en Angleterre, et introduite en France par nous en 1855.

Cérès (Lebeuf).

Fruit gros, de forme allongée à col; couleur rouge foncé; chair rouge, ferme, pleine, sucrée et juteuse. Parfum des plus agréables et rafraîchissante.

Plante d'une vigueur et d'une rusticité exceptionnelle, très-productive. Semis de la belle variété *Haquin*, à laquelle elle est supérieure.

Obtenue en 1867 par M. Lebeuf, à Argenteuil.

Châlonnaise (La) [Nicaise].

Fruit gros ou très-gros, conique ou allongé, aplati; rouge orange vif; graines saillantes; chair blanche, pleine, juteuse, très-sucrée, très-parfumée. Excellente.

Plante vigoureuse, très-fertile, tardive, et se plaît de préférence à mi-soleil.

Obtenue à Châlons-sur-Marne en 1852, et répandue par le Dʳ Nicaise.

Charles Downing (de Jonghe).

Fruit de grosseur moyenne, de belle forme ovale; couleur rouge brillant; graines très-saillantes; chair blanche très-ferme, pleine, très-sucrée, fondante et d'un parfum exquis.

Plante vigoureuse, trapue et très-fertile, de maturité moyenne. Digne pendant de la *Constante*.

Obtenue en 1866 par M. de Jonghe, introduite en France par nous en 1868.

Châtelaine (Lebeuf).

Fruit gros, de forme très-allongée à col; couleur rouge cramoisi brillant; graines à la surface; chair blanche, pleine, très-ferme, juteuse, sucrée, parfumée et relevée.

Plante rustique et fertile, de maturité moyenne. Obtenue par M. Lebeuf, en 1866.

Chili blanc rosé (Type).

Beau fruit gros ou très-gros, rond, quelquefois pointu au sommet ou plus large que long; blanc teinté de rose du côté du soleil; graines brunes, très-saillantes; chair à cavité centrale, blanche, juteuse, sucrée.

Bonne dans des terrains secs et chauds. Préfère

la terre de bruyère et réussit bien en pots sous châssis.

Plante vigoureuse, assez fertile, de maturité très-tardive.

Superbe fruit de dessert.

Figuré dans la *Revue horticole.*

Chili Orange ; synonyme : *Fraise Souchet.*

Fraise assez grosse, jolie de forme, ronde, quelquefois plus large que longue ; couleur orange vernissé ; graines saillantes ; chair pleine, ferme, beurrée, d'un blanc jaunâtre, sucrée, fondante, parfumée.

Plante vigoureuse et fertile, à pédoncules très-courts et fermes. Au moment de l'épanouissement, les pétales sont jaunes. Comme la précédente, elle se plaît bien dans la terre de bruyère.

Obtenue en 1810, par M. Souchet, jardinier en chef du potager de Versailles.

Figurée dans la *Pomologie française.*

Cockscomb (jardin royal de Frogmore).

Fruit très-gros, quelquefois énorme, de forme conique, souvent en crête de coq (d'où lui vient son nom) ; couleur rose saumoné ; graines saillantes ; chair pleine, blanc rosé, sucrée, relevée. Délicieux.

Plante vigoureuse, rustique et très-fertile; maturité tardive.

Obtenue en 1861 par M. Powell, au jardin royal de Frogmore, et introduite en France par nous en 1862. Variété remarquable.

Constante (la) [de Jonghe].

Fruit gros, de belle forme conique, régulière; rouge vernissé; graines saillantes; chair carnée, pleine, beurrée, juteuse, acidulée, très-parfumée, rappelant à parfaite maturité un peu le goût des Caprons. Exquise.

Plante rustique, trapue et très-fertile, avec des hampes courtes et solides. Maturité moyenne et prolongée, se force bien pour seconde saison.

La fermeté du fruit permet de le transporter à longue distance.

Variété précieuse, donnant peu de coulants.

Obtenue en 1854 par M. de Jonghe, à Bruxelles, introduite en France par nous en 1856.

Cornucopia (Nicholson).

Fruit gros, de forme en cœur, rouge orangé glacé; graines saillantes; chair rose veinée de rouge, pleine, juteuse, sucrée, relevée.

Plante très-rustique et d'une fertilité étonnante, mûrissant ses fruits en succession.

Obtenue par Nicholson en 1859, introduite en France par nous en 1860.

5.

Crémont ; synonyme : *Général Havelock.*

Fraise grosse, belle, régulière, en forme de cœur ; rouge vernissé ; chair vermillon, presque pleine, acide, sucrée, relevée. Bonne.

Plante rustique, assez fertile, de maturité moyenne ; se force bien.

Obtenue en 1850 par M. Crémont, horticulteur à Sarcelles.

Délicieuse (Lorio).

Fruit gros ou très-gros, rond ou ovale ; couleur jaune abricot ; graines presque saillantes ; chair pleine, ferme, beurrée, blanc jaunâtre, sucrée, parfumée. Variété unique dans son genre.

Plante vigoureuse, assez fertile, de maturité très-tardive. Donne peu de coulants.

Obtenue en 1851 par Lorio, à Liége.

Doctor Hogg (Bradley).

Fruit de première grosseur, de forme ovale, allongée ou aplatie, souvent en crête de coq ; rose orangé vif glacé ; graines très-saillantes ; chair d'un blanc de crême, pleine, ferme, beurrée, fondante, très-sucrée, extrêmement riche et parfumée.

Plante rustique et vigoureuse, d'un produit énorme. L'une des plus tardives des grosses

fraises, ne devrait manquer dans aucune collection de choix.

Obtenue par Samuel Bradley à Elton-Manor, en
Angleterre en 1866, introduite en France par nous
en 1867.

Duc de Malakoff (Glœde).

Fruit toujours très-gros, quelquefois monstrueux
et en quelque sorte le géant des fraises ! Forme
irrégulière, arrondie, aplatie ou en crête de coq,
velue çà et là sur les arêtes ; couleur rouge foncé ;
graines rouge brun, presque saillantes ; chair
rouge clair, pleine, juteuse, acidulée, sucrée, parfumée, avec un goût d'abricot.

Plante très-vigoureuse, assez fertile, de maturité
moyenne.

En culture forcée, la plante produit des fruits
magnifiques, mais en petit nombre.

Obtenue par nous en 1856 d'un semis de la
fraise du *Chili velue* fécondée avec *British-Queen*.

Duke of Edinburgh (Dr Roden).

Superbe fruit et de première grosseur, souvent
énorme, rond ou ovale, à col ; couleur saumon vif
glacé ; graines très-saillantes ; chair blanc pur,
ferme, pleine, fondante, très-sucrée et d'un arome
délicieux.

Plante vigoureuse et d'une grande fertilité.
Maturité mi-hâtive. *Variété hors ligne !*

Obtenue en 1867 par M. le Dr Roden, amateur distingué à Kidderminster, introduite en France par nous en 1869.

Early Prolific (Dr Roden).

Fruit de première grosseur et d'une très-belle forme ovale allongée ; couleur écarlate glacé ; graines saillantes ; chair blanche, pleine, ferme, fondante, très-sucrée et d'un parfum incomparable.

Plante rustique et d'une végétation très-élégante ; fertilité énorme, même sur les petits filets de l'année, et de premier mérite pour la culture forcée de haute primeur. En un mot un gain d'une valeur exceptionnelle !

Obtenue en même temps et par le même semeur habile de la variété précédente.

Ecarlate Américaine.

Fruit moyen, de forme allongée ; couleur rouge foncé, à col ; graines saillantes ; chair rouge, pleine, juteuse, très-sucrée, savoureuse sans être relevée.

Plante rustique et vigoureuse, très-fertile et tardive.

Originaire de l'Amérique du Nord.

Ecarlate Beehive (Matthewson).

Fruit petit et moyen, de forme ronde ; rouge

écarlate ; graines enfoncées dans les alvéoles ; chair blanc rosé, ferme, pleine, juteuse, sucrée.

Plante vigoureuse et rustique, de maturité très-hâtive et d'une fertilité incroyable.

Bonne fraise pour confitures.

Cultivée depuis fort longtemps aux environs d'Aberdeen, en Ecosse.

Ecarlate Groveend (Atkinson).

Fraise dans le genre de la précédente, mais plus grosse bien que moins fertile, néanmoins très-productive et précieuse pour confitures.

Obtenue en 1820 à Groveend en Angleterre, par Atkinson.

Eclipse (Reeve).

Fruit gros, de forme assez régulière, ronde ou ovale ; rouge vif ; graines peu enfoncées dans les alvéoles ; chair blanche, pleine, sucrée, parfumée ; très-riche.

Plante rustique, vigoureuse et très-fertile, de maturité hâtive ; bonne à forcer.

Obtenue en 1859 par M. Reeve, à Acton-Hall, en Angleterre, et introduite en France par nous en 1861.

Eleanor (Myatt) ; synonyme : *Nimrod* (*Lucombe Pince*), Crystal-Palace (*Nicholson*).

Fruit très-gros, en cône obtus, allongé et aplati ;

vermillon rouge glacé; graines peu enfoncées dans les alvéoles; chair blanche au centre, rouge à la circonférence, fondante, pleine, sucrée, agréablement acidulée.

Plante vigoureuse, très-productive, tardive; se force bien en seconde saison.

Obtenue en 1847 par Myatt, répandue en France en 1849.

Eliza (Myatt).

Fruit moyen de forme conique à col; rouge orangé glacé; graines saillantes; chair blanc rosé, pleine, ferme, fondante; très-sucrée, très-parfumée, exquise.

Plante très-vigoureuse, très-rustique, de maturité très-hâtive et assez fertile.

Obtenue en 1850 par Myatt, répandue en France en 1852.

Eliza (Rivers). — Un semis de la précédente.

Beau fruit régulièrement rond, de grosseur moyenne; couleur vermillon clair; graines enfoncées dans les alvéoles; chair blanche, pleine, juteuse, acidulée, sucrée, parfumée; très-bonne.

Plante trapue, fertile, demi-hâtive, se force très-bien.

Obtenue en 1854 par Thomas Rivers, à Sawbridgeworth, en Angleterre, introduite en France par nous en 1856.

Emily (Myatt).

Fruit gros, forme ronde ou aplatie; d'un rose pâle; calice réfléchi; graines brunes saillantes; chair blanche, pleine, juteuse, sucrée, parfumée. Variété très-distincte.

Plante rustique, vigoureuse et fertile, de maturité tardive.

Obtenue en 1857 par Myatt, introduite en France par nous en 1860.

Emma (de Jonghe).

Fruit gros de forme en cône obtus ou rond, à col; couleur d'un beau rouge vif luisant; graines peu abondantes enfoncées dans les alvéoles; chair blanc rosé, pleine, juteuse, sucrée, parfumée.

. Plante rustique, vigoureuse, fertile et très-hâtive, se force bien.

Obtenue par de Jonghe en 1856, introduite en France par nous en 1859.

Empress Eugénie (Knevett).

Fruit de première grosseur, souvent énorme, ayant atteint en Angleterre le poids de 60 à 75 grammes, les uns arrondis ou en cône allongé, les plus gros en crête de coq ou en tomate, velus sur les angles; rouge pourpre vernissé; graines petites et saillantes; chair vermillon, pleine, juteuse, acidulée, sucrée, parfumée; bonne.

Plante très-vigoureuse, rustique et très-fertile ; ouvre la série des tardives et de maturité très-prolongée; se force très-bien en seconde saison.

Obtenue par H. Knevett, jardinier maraîcher à Isleworth, en Angleterre, en 1854, et introduite en France par nous en 1857.

Figurée dans la *Revue horticole*.

Excellente (Lorio).

Fruit gros ou très-gros, rond ou aplati et lobé ; rouge foncé ; chair rose, pleine, fondante, sucrée, parfumée, relevée, excellente.

Plante rustique, vigoureuse et très-fertile, de maturité moyenne.

Obtenue en 1850 par Lorio à Liége, et intro duite en France par nous en 1851.

Fairy-Queen (Jardin royal de Frogmore).

Fruit gros, de jolie forme conique ou ovale ; rose orangé glacé ; graines très-saillantes; chair blanc pur, pleine, beurrée, juteuse, sucrée, extrê-mement parfumée, considéré comme un grand perfectionnement de *Carolina superba*, d'où cette variété est issue.

Plante rustique et très-fertile, de maturité moyenne.

Obtenue en 1861 par M. Powell au jardin royal de Frogmore, et introduite en France par nous en 1863. *Variété hors ligne !*

Ferdinand Gloede (de Jonghe).

Très-beau fruit de forme en cœur ou conique, de première grosseur ; couleur cerise glacé ; graines saillantes ; chair blanc veiné de rouge, pleine, fondante, très-sucrée et avec un arome délicieux.

Plante d'une végétation vigoureuse et d'une grande fertilité ; de maturité moyenne.

Variété hors ligne et l'une des meilleures obtenues par ce célèbre semeur !

Fertile (la) [de Jonghe].

Fruit gros ou très-gros de belle forme conique, allongée ou aplatie ; rouge vif ; graines saillantes ; chair blanc carné, pleine, ferme, juteuse, sucrée, relevée.

Plante vigoureuse, rustique et d'une fertilité remarquable. Cette variété a quelque rapport avec *la Constante ;* mais sa végétation est souvent plus vigoureuse, sa multiplication plus rapide et son fruit plus gros. Maturité moyenne et prolongée.

Le fruit supporte bien le transport.

Obtenue en 1857 par de Jonghe et introduite en France par nous en 1862.

Filbert Pine (Myatt).

Fruit gros, de belle forme régulièrement conique ; couleur rose vif ; graines saillantes ; chair blanche ou blanc rosé, ferme, pleine, juteuse, sucrée, très-parfumée et relevée.

Plante vigoureuse et rustique, d'une grande fertilité et de maturité moyenne, se force bien en seconde saison.

Réussit mieux en terre forte et fraîche, ou à défaut exige de copieux arrosements.

Obtenue vers 1852 par Myatt, introduite en France par nous en 1855.

Frogmore-Late-Pine (Jardin royal de Frogmore).

Très-beau et gros fruit, peu variable de forme, généralement en cône obtus, quelquefois lobé et aplati ; couleur rouge brillant ; graines saillantes ; chair pleine, ferme, blanc rosé, juteuse, sucrée, relevée.

Plante rustique, vigoureuse et à fructification tardive et prolongée. L'une des meilleures des fraises tardives. Réussit bien en culture hâtée.

Obtenue en 1858 par M. Powell au potager royal de Frogmore, et introduite en France par nous en 1860.

Germania (Gloede fils).

Fruit très-gros, de forme ovale ; couleur cerise clair ; graines saillantes ; chair blanche, très-sucrée et d'un parfum délicieux.

Plante rustique, très-vigoureuse, très-productive et de maturité hâtive.

Variété très-recommandable, obtenue en 1868 dans un semis fait par notre fils bien-aimé.

Globe (de Jonghe).

Fruit gros ou très-gros, de belle forme arrondie ou ovale ; rouge cramoisi ; graines presque saillantes ; chair blanche ou blanc rosé, pleine, juteuse, très-sucrée, très-parfumée, avec un goût prononcé de capron à parfaite maturité.

Plante trapue, rustique et vigoureuse, d'une grande fertilité et de maturité moyenne et prolongée.

Obtenue en 1859 par de Jonghe, introduite en France par nous en 1862.

Gloria (Nicholson).

Fruit moyen ou gros, de forme conique très-régulière et à col ; couleur rouge orangé, vif, glacé ; graines saillantes ; chair pleine, ferme, beurrée, blanc rosé, fondante, très-sucrée, très-parfumée ; exquise.

Plante rustique, très-fertile ; de maturité prolongée.

Obtenue en 1859 par Nicholson, introduite en France par nous en 1861.

Goliath (Kitley).

Fruit gros ou très-gros, en cône obtus ; rougé vermillon ; chair pleine, blanche, juteuse, sucrée, parfumée, bonne.

Plante très-rustique et vigoureuse, très-fertile, maturité moyenne.

Obtenue en 1850 par Kitley, jardinier à Bath (Angleterre).

Grosse-Sucrée (la) [de Jonghe].

Fruit gros, de forme allongée ; couleur rouge vernissé ; graines brunes, presque saillantes ; chair blanc rosé, à cavité centrale, fondante, juteuse, sucrée, sans acidité ; excellente.

Plante trapue, naine, rustique, productive, assez tardive, bonne à forcer en seconde saison.

Obtenue en 1854 par de Jonghe, introduite en France par nous en 1856.

Gweniver (Mme Clements).

Beau fruit de bonne grosseur, souvent très-gros, de forme ronde, ovale ou en crête de coq ; écarlate vif ; graines à la surface ; chair rose, pleine, juteuse, très-sucrée et parfumée.

Plante rustique et vigoureuse et d'une grande fertilité. Très-convenable à la culture forcée de primeur.

Obtenue en 1862 par Mme Clements, amateur très-distinguée, à Warleggan, en Angleterre, et introduite en France par nous en 1864.

Haquin (Haquin).

Fruit très-gros, de forme conique, ovale, quelquefois aplatie ; rose vif glacé ; graines rares saillantes ; chair pleine, un peu tendre, blanc veiné de rose, juteuse, sucrée, relevée, exquise.

Plante très-vigoureuse et très-rustique, de maturité tardive et très-productive.

Obtenue en 1861 par Haquin, horticulteur à Liége ; introduite en France par nous en 1863.

Hendries Seedling.

Fruit gros, en cône allongé, aplati ; rouge orangé ; graines saillantes ; chair blanche, pleine, ferme, sucrée, très-parfumée ; exquise.

Cette variété a beaucoup d'analogie avec *British Queen*, mais elle est cultivable dans les localités où cette dernière ne réussit pas.

Plante vigoureuse et fertile, assez tardive.

Obtenue en Angleterre vers 1852.

Her Majesty (Mme Clements).

Superbe fruit de première grosseur et de belle

forme conique, très-régulière, les plus gros quelquefois lobés ; couleur rouge cramoisi glacé ; graines saillantes ; chair blanche, ferme, pleine, juteuse, très-sucrée et extrêmement parfumée.

Plante très-rustique et de vigoureuse végétation, très-fertile et de maturité moyenne.

Variété hors ligne, obtenue en 1865 par Mme Clements ; introduite en France par nous en 1867.

Impériale (Duval fils).

Fruit gros ou très-gros, de forme arrondie, aplatie, ou en crête de coq ; couleur rouge orangé vif ; graines peu enfoncées dans les alvéoles ; chair blanche, sucrée, juteuse, parfumée. A quelque analogie avec la variété *Goliath*.

Obtenue en 1856 par M. Duval fils, horticulteur à Versailles.

James Veitch (Gloede).

Fruit très-gros, de forme en cœur ; rouge vermillon vif ; graines saillantes ; chair rosée à cavité centrale, beurrée, sucrée, parfumée avec une saveur d'abricot très-prononcée.

Plante rustique, vigoureuse et très-fertile, de maturité assez tardive.

Obtenue par nous en 1867.

John Powell (Jardin royal de Frogmore).

Fruit moyen ou gros, de forme ovale, plus gros au sommet et à col très-prononcé ; rouge vif glacé ; graines peu enfoncées ; chair blanche ou blanc rosé, ferme, pleine, juteuse, sucrée, très-relevée.

Plante très-rustique et vigoureuse, produisant très-abondamment et pendant longtemps en succession.

Obtenue en 1861 par M. Powell et introduite en France par nous en 1863.

Jucunda (Salter).

Fruit gros ou très-gros, quelquefois énorme, de belle forme, en cône obtus aplati ; rouge vermillon ; graines jaunes saillantes ; chair rosée, acidulée, un peu pâteuse, sucrée, relevée. Bien que la saveur du fruit laisse un peu à désirer, nous pouvons néanmoins conseiller la culture de cette variété, principalement à cause de son grand produit et de la beauté de son fruit qui supporte très-bien le transport.

La plante est très-vigoureuse et très-rustique, et de maturité tardive. Elle se prête bien à la culture hâtée. Il serait à désirer, dans l'intérêt du cultivateur aussi bien que dans celui des consommateurs, qu'elle fût largement cultivée dans les champs, pour l'approvisionnement des grandes villes.

Obtenue en 1854 par John Salter, à Hammersmith, en Angleterre, introduite en France par nous en 1855.

Kaminski.

Fruit gros ou très-gros, de forme variable, rond, conique ou en crête de coq; couleur rose vif; graines saillantes; chair blanche, rose au centre, pleine, ferme, juteuse, sucrée, parfumée.

Plante rustique, vigoureuse et fertile, de maturité tardive.

Obtenue il y a plusieurs années par M. Kaminski, amateur distingué, en Lorraine.

La petite Marie (Boisselot).

Joli fruit de grosseur moyenne, de forme conique ou allongée aplatie; d'un coloris rouge vif glacé; chair rouge, pleine, ferme, fine, très-fondante à goût sucré, parfumé et très-relevé. Une fraise par excellence pour les vrais amateurs gourmets!

Plante rustique quoique peu feuillue et très-fertile, maturité mi-hâtive et prolongée.

Obtenue en 1866 par M. Boisselot, à Nantes.

Lucas (de Jonghe).

Fruit gros, de belle forme ronde ou ovale et

aplatie; rouge cramoisi vernissé; graines nombreuses, peu enfoncées dans les alvéoles, souvent saillantes; chair blanc rosé, pleine, ferme, fondante, très-sucrée, excellentissime et l'une des meilleures fraises connues.

Plante vigoureuse, rustique et fertile, se force facilement, et très-propre à la culture hâtée.

Obtenue en 1858 par de Jonghe et introduite en France par nous en 1860.

Lucie (Boisselot).

Fruit très-gros, de forme irrégulière, arrondie, aplatie, parfois plus large au sommet qu'à la base et formant des arêtes; rouge vif glacé; graines peu abondantes, saillantes, rouge brun; chair rose, ferme, pleine, juteuse, sucrée, relevée, bonne.

Plante très-vigoureuse, rustique, très-fertile, très-tardive. A mon avis, la fraise la plus tardive de race américaine, surtout plantée au pied d'un mur au nord.

Obtenue en 1856 par M. Boisselot, à Nantes.
Figurée dans l'*Horticulteur français*.

Mme Elisa Vilmorin (Gloede).

Fruit gros ou très-gros, de belle forme arrondie ou aplatie; couleur rose orangé; graines saillantes; chair blanche, fine, ferme, pleine, fondante, très-sucrée, très-parfumée, exquise.

6

Plante très-vigoureuse et rustique; malheureusement sa fertilité n'est pas en rapport avec l'excellence de son fruit; c'est à cause de sa qualité exceptionnelle que je lui donne une place dans cette liste de choix.

Obtenue par nous, en 1854, d'un semis de la fraise *Chili velue* fécondée par *British Queen*.

Magnum Bonum (Barratt).

Fruit gros, de forme variable; rouge orangé; graines saillantes; chair blanche, pleine, ferme, très-sucrée, juteuse, très-parfumée, exquise.

Plante rustique, vigoureuse et fertile, se rapprochant de la variété *British Queen*, mais moins difficile sur le terrain.

Obtenue en 1854 par William Barratt, horticulteur à Wakefield, en Angleterre; introduite en France par nous en 1856.

Marguerite (Lebreton).

Fruit gros et très-gros, de belle forme, en cône allongé, les plus gros lobés; rouge vif vernissé jusqu'au sommet; graines petites, nombreuses, presque saillantes; chair orange vif à la circonférence, blanche au centre, pleine, juteuse, sucrée, relevée; mèche nulle ou molle.

Plante vigoureuse et rustique, de maturité très-hâtive et se forçant facilement.

Malheureusement cette belle fraise a le défaut

de se décomposer vite ou de mal se colorer, surtout en culture forcée, si l'air ou le soleil n'ont pu pénétrer dans les bâches. En plein air et par des temps pluvieux, elle manque aussi souvent de sucre.

Obtenue en 1859 par M. Lebreton, amateur distingué à Châlons-sur-Marne.

Figurée dans la *Revue horticole*.

Marquise de Latour - Maubourg (Jamin et Durand) ; synonymes : *Vicomtesse Héricart de Thury, Duchesse de Trévise.*

Fruit gros et petit, arrondi ou aplati ; couleur rouge vermillon ; graines nombreuses, saillantes ; chair blanche, pleine, très-sucrée, d'un goût très-relevé.

Plante vigoureuse, rustique, très-fertile, très-hâtive et se forçant bien. Beaucoup cultivée depuis quelque temps aux environs de Paris pour la halle et sous le nom de *la Ricart*.

Obtenue en 1849 par Jamin et Durand à Bourg-la-Reine.

Ménagère (de Jonghe).

Fruit gros, de forme très-allongée, aplatie ; couleur rouge vif, graines à la surface ; chair rose, pleine, ferme, juteuse, sucrée, relevée ; fructification assez tardive et prolongée.

Plante trapue, vigoureuse et rustique.

Obtenue en 1860 par de Jonghe, introduite en France par nous en 1864.

Mistress Wilder (de Jonghe).

Fruit en cône aplati ; rouge foncé et vernissé ; graines à la surface ; chair ferme, d'un cerise carné foncé, très-juteuse, sucrée, relevée.

Cette variété se recommande par sa belle vigueur, par sa fertilité et par la bonne qualité de ses fruits. Maturité moyenne.

Obtenue par de Jonghe à Bruxelles en 1866, introduite en France par nous en 1868.

Monsieur Radclyffe (Jardin royal de Frogmore).

Fruit de première grosseur, de forme variable ; rouge orangé vif ; graines saillantes ; chair blanc pur, ferme, pleine, fondante, très-sucrée avec un arome d'ananas délicieux.

Plante vigoureuse et très-fertile, de maturité tardive. Variété hors ligne, qui peut être considérée comme la British Queen perfectionnée.

Obtenue par J. Powell au potager royal de Frogmore en 1863, répandue et introduite en France par nous en 1867.

Muscadin de Liége (Lorio).

Fruit gros, en cône allongé, parfois plus large au sommet qu'à la base et simulant deux à trois fraises soudées ensemble ; rouge foncé ; graines roses saillantes ; chair rouge, pleine, très-fine, très-sucrée, parfumée.

Plante vigoureuse, très-fertile, hâtive.

Obtenue par Lorio à Liége, en 1850, introduite en France par nous en 1852.

Myatt's Prolific. — *Voir* **Wonderful** ; bien que son nom primitif soit *Myatt's Prolific*, je l'ai décrite sous celui de Wonderful, par lequel il est plus connu.

Napoléon III (Gloede).

Fruit gros ou très-gros, de forme arrondie ou aplatie, quelquefois en crête de coq, un peu velu sur les arêtes ; vermillon orangé clair ; graines saillantes ; chair blanche pure, fondante, sucrée, acidulée, pas très-parfumée, mais bonne.

Plante très-vigoureuse et rustique, fertilité énorme et tardive.

Obtenue par nous en 1859 d'un semis de la *British Queen*.

Figurée dans la *Revue horticole*.

Newton Seedling (Challoner).

Fruit gros, de jolie forme conique très-régulière ; couleur rouge vif glacé ; graines saillantes ; chair rose, pleine, juteuse, sucrée, relevée.

Plante rustique, vigoureuse et extrêmement fertile ; maturité moyenne. Réussit mieux dans

6.

une terre forte et fraîche, ou à défaut exige de copieux arrosements.

Obtenue en 1859 par M. Challoner en Angleterre, introduite en France par nous en 1860.

Ornement des Tables (Soupert et Notting).

Fruit gros, de forme ovale ou aplatie ; rouge
clair ; graines à la surface ; chair rose, pleine,
ferme, juteuse, sucrée, parfumée ; excellente
fraise.

Plante assez vigoureuse, très-fertile et de maturité moyenne.

Obtenue en 1860 par Soupert et Notting, horticulteurs à Luxembourg.

Oscar (Bradley).

Fruit gros ou très-gros, de forme irrégulière,
arrondie, aplatie, ou en crête de coq ; beau rouge
vernissé ; graines jaunes saillantes ; chair rouge à
la circonférence, blanche au centre, ferme, pleine,
sucrée, acidulée, très-parfumée, excellente, supporte bien le transport.

Plante naine, vigoureuse, très-fertile, demi-
hâtive, se force bien.

Obtenue par M. Bradley, à Elton-Manor, en
Angleterre, en 1858, introduite en France par
nous en 1859.

Figurée dans l'*Horticulteur français* et dans
l'*Illustration horticole*.

Premier (Ruffet).

Fruit gros ou très-gros, de belle forme ronde, ovale ou lobée ; rouge vermillon glacée ; graines saillantes ; chair pleine, ferme, blanche, veinée de rose, juteuse, sucrée, relevée, très-rafraîchissante.

Plante très-vigoureuse, rustique et fertile, parfois nouant mal ses fruits. Maturité moyenne.

Obtenue en 1862 par Ruffet, jardinier de lord Palmerston, en Angleterre, introduite en France par nous en 1863.

Président (Green).

Fruit gros, de belle forme ronde, ovale ou lobée ; rouge vif ; graines saillantes ; chair blanche carnée, ferme, pleine, juteuse, sucrée, parfumée, exquise.

Plante vigoureuse, rustique et très-fertile, maturité hâtive et prolongée. Excellente à forcer.

Obtenue par Green, en Angleterre, en 1862, introduite en France par nous en 1863.

Président Wilder (de Jonghe).

Fruit gros, de belle forme ovale ou conique, à col très-prononcé ; rouge cramoisi vernissé ; graines jaunes saillantes ; chair pleine, ferme, rouge veinée de rose, sucrée, très-parfumée.

Plante naine, rustique et très-fertile, de maturité tardive.

Magnifique fraise qui éclipsera peut-être la *Constante!*

Obtenue en 1866 par de Jonghe, introduite en France par nous en 1868.

Prince Alfred (Jardin royal de Frogmore).

Beau fruit gros ou très-gros, en forme de cœur, couleur d'un beau rouge pourpre ; graines saillantes ; chair rose, pleine, juteuse, sucrée, relevée.

Plante naine, d'une végétation modérée, mais rustique et très-fertile, de maturité moyenne, assez tardive.

Obtenue par M. Powell, à Frogmore, en 1854, introduite en France par nous en 1856.

Prince Arthur (Jardin royal de Frogmore).

Fruit moyen, de jolie forme ovale ou conique ; couleur saumonée ; graines saillantes ; chair pleine, ferme, blanche, très-sucrée, juteuse, parfumée, excellente.

Plante rustique, très-fertile et très-hâtive ; bonne à forcer.

Obtenue par M. Powell, à Frogmore, en 1857, introduite en France par nous en 1859.

Prince Arthur (Wilmot).

Fruit gros, de formes diverses, conique, aplati ou ovale ; couleur rose orangé vif ; graines saillantes ; chair blanc pur, ferme, pleine, juteuse, sucrée, très-parfumée.

Plante assez vigoureuse, peu rustique, mais dans certains sols très-fertile, maturité assez tardive.

Obtenue en 1850 par Wilmot à Isleworth.

Prince Impérial (Graindorge).

Joli fruit, petit ou moyen, de forme conique, arrondie ou aplatie ; rouge vermillon ; graines saillantes ; chair rosée, fine, pleine, sucrée, parfumée.

Plante rustique, vigoureuse et fertile ; très-hâtive et se force bien ; ayant beaucoup de rapports avec la variété *Vicomtesse Héricart de Thury*.

Répandue par M. Graindorge, cultivateur à Bagnolet, en 1856.

Figurée dans l'*Horticulteur français*.

Prince of Wales (Stewart Neilson).

Fruit gros ou très-gros, de forme arrondie ou lobée, rouge pourpre ; graines à la surface ; chair blanc rosé, pleine, juteuse, très-sucrée, très-savoureuse.

Plante rustique et vigoureuse, très-fertile et de maturité hâtive. Se force bien.

Obtenue par Stewart et Neilson à Liscard, en Angleterre, en 1859, introduite en France par nous en 1861.

Princess Alice Maud (Trollope).

Fruit gros, de belle forme conique ; rouge vermillon clair ; graines jaunes saillantes ; chair blanc rosé, pleine, juteuse, sucrée, relevée.

Plante rustique et vigoureuse, très-fertile, très-hâtive ; se force bien.

Obtenue il y a vingt ans par Trollope, à Bath, en Angleterre.

Princess Dagmar (Mme Clements).

Gros fruit rond, ovale ou conique ; rose vif ; graines brunes saillantes ; chair blanc jaunâtre beurrée, pleine, sucrée, fondante, très-parfumée.

Plante rustique, vigoureuse et très-fertile, de maturité très-hâtive.

Obtenue par Mme Clements en 1865, introduite en France par nous en 1867.

Princess of Wales (Knight).

Fruit gros, de forme ronde, ovale ou aplatie ; rouge vif ; graines saillantes ; chair blanc rosé, pleine, juteuse, sucrée, très-relevée et parfumée.

Plante très-vigoureuse, rustique et fertile, très-hâtive et se force facilement. La plus hâtive des grosses fraises.

Obtenue en 1862 par Knight, horticulteur à Battle, en Angleterre, introduite en France par nous en 1863.

Progrès (de Jonghe).

Fruit gros, de forme ronde ou aplatie, carrée du bout ; d'un rouge pourpre foncé ; graines presque saillantes ; chair blanche ou blanc rosé, ferme, pleine, sucrée, fondante, parfumée.

Plante trapue, vigoureuse et rustique, très-fertile et précoce.

Obtenue en 1859 par de Jonghe, introduite en France par nous en 1862.

Quinquefolia (Myatt).

Fruit gros ou très-gros, de forme allongée aplatie ; rose orangé vif ; graines saillantes ; chair blanc rosé, pleine, ferme, juteuse, sucrée, parfumée, exquise.

Plante trapue, vigoureuse, souvent à cinq folioles, très-fertile. Maturité tardive.

Obtenue en 1850 par Myatt, introduite en France par nous en 1852.

Reine (la) [de Jonghe].

Fruit moyen, de jolie forme en cône, très-allongée ou aplatie ; blanc rosé (coloris très-distinct) graines brunes saillantes; chair blanc de neige, pleine, ferme, fondante, très-sucrée, juteuse, très-parfumée et riche.

Excellentissime fraise. Plante rustique bien que de vigueur modérée et assez fertile. Maturité moyenne.

Obtenue par de Jonghe en 1854, introduite en France par nous en 1856.

Reus van Zuidwijk (van de Water).

Fruit souvent énorme, aplati, allongé ou en crête de coq ; couleur rouge vermillon vif ; graines enfoncées ; chair rose, fondante, sucrée et d'un parfum très-agréable.

Plante rustique et d'une végétation vigoureuse, formant des touffes énormes, mais ne donnant presque point de coulants. Maturité tardive.

Introduction récente des Pays-Bas.

Rifleman (Jardin royal de Frogmore).

Fruit très-gros, souvent énorme, de forme variable, les plus gros en crête de coq ; couleur rose orangé vif ; graines saillantes ; chair pleine, blanche ou blanc rosé suivant le degré de maturité, ferme, juteuse sucrée, parfumée.

Plante vigoureuse et très-fertile, maturité tardive. Réussit mieux dans les terres fortes ou à défaut exige de copieux arrosements pour mûrir le grand nombre de fruits qu'elle produit, là où elle se plaît.

Obtenue par M. Powell en 1859, introduite en France par nous en 1861.

Roi d'Yvetot (Acher).

Fruit assez gros, de forme ovale ou conique ; couleur rouge vif ; chair rouge, très-sucrée et parfumée.

Plante vigoureuse, rustique et très-fertile. Maturité assez tardive.

Obtenue en 1865 par M. Acher, à Yvetot.

Rubis (Dr Nicaise).

Fruit gros, rond ; rouge clair glacé ; graines à la surface ; chair blanc rosé, pleine, juteuse, sucrée, relevée.

Plante vigoureuse, assez rustique et très-fertile, de maturité moyenne. Très-recommandable.

Obtenue en 1865 par le Dr Nicaise.

Sabreur (Mme Clements).

Joli fruit, assez gros, de forme en cône pointu ; couleur rouge orangé pâle ; graines très-saillantes ; chair pleine, blanche, ferme, très-sucrée, délicieusement parfumée. Qualité hors ligne !

Plante assez vigoureuse, rustique, très-fertile et de maturité moyenne.

7

Obtenue par Mme Clements en 1863, introduite
en France par nous en 1865.

Savoureuse (la) [de Jonghe].

Fruit assez gros, allongé, pointu au sommet ;
d'un beau cerise glacé ; graines saillantes ; chair
pleine, ferme, d'un blanc carné, très-sucrée, juteuse, très-savoureuse.

Plante assez vigoureuse, rustique et fertile, de
maturité moyenne.

Obtenue en 1859 par de Jonghe, introduite en
France par nous en 1862.

Scarlet Pine ; synonyme : *Rival Queen* (Tiley).

Fruit de grosseur moyenne, forme conique à
col ; couleur écarlate glacé ; graines saillantes ;
chair blanc pur, ferme, pleine, juteuse, sucrée,
goût très-prononcé de l'Ananas.

Plante rustique et vigoureuse , de fertilité
moyenne. Maturité assez tardive. C'est une variété
ou type très-ancien, dont la vraie origine est inconnue, et je me demande si elle ne serait pas la
vraie *Carolina* ou *Old Pine* des Anglais, dont la
qualité est si souvent citée comme type de perfection ?

Sir Charles Napier (Smith).

Fruit gros ou très-gros, de belle forme conique
mais les premiers et les plus gros en crête de coq ;

vermillon orangé très-vernissé ; graines saillantes ; chair blanc rosé avec cavité centrale, fondante, sucrée, agréablement acidulée, parfumée.

Plante rustique et vigoureuse, très-fertile, assez tardive, bonne à forcer en seconde saison.

Obtenue en 1853 par Richard Smith, jardinier à Twickenham, introduite en France par nous en 1855.

Sir Harry (Underhill).

Fraise grosse et très-grosse, quelquefois énorme, arrondie, lobée, quelquefois aplatie ; rouge et rouge brun luisant ; graines nombreuses à la surface ou saillantes ; chair vermillon à la circonférence, blanche au centre, pleine ou à cavité centrale dans les plus gros fruits, juteuse, très-sucrée, saveur exquise. Maturité demi-hâtive et prolongée.

Plante très-vigoureuse, rustique, peu feuillue, tellement fertile, que souvent la première année les plantes sont épuisées par le grand produit. Nous conseillons donc de cultiver cette variété comme bisannuelle ; d'ailleurs, nous savons par expérience qu'elle produit toujours les fruits les plus beaux la première année ! Il va sans dire qu'à cet effet, les premiers filets doivent être utilisés et mis en place de bonne heure, si faire se peut en juillet ou août.

Cette fraise incomparable a été obtenue en 1853 par M. Richard Underhill, à Edgbaston, près Birmingham, et a été introduite en France par nous en 1854.

Malheureusement, elle existe rarement identique, car souvent nous voyons cultivées les variétés *Victoria* (Trollope) et *Hooper's Seedling* qui lui sont substituées, et qui cependant en diffèrent essentiellement.

Se prête admirablement à la culture hâtée.

Figurée dans l'*Horticulteur français*.

Sir Harry Orange (Makoy).

Fruit gros ou très-gros, quelquefois énorme, de forme arrondie ou lobée ; rouge orangé glacé ; graines très-saillantes ; chair blanche, pleine, juteuse, sucrée, exquise.

Plante assez rustique, très-fertile et de maturité moyenne.

Obtenue en 1865 par M. Makoy, horticulteur à Liége, introduite en France par nous en 1866.

Sir Joseph Paxton (Bradley).

Fruit gros ou très-gros, de belle forme ronde, conique ou ovale, les plus gros lobés ou en crête de coq ; rouge cramoisi brillant ; graines saillantes ; chair saumon, ferme, pleine, juteuse, sucrée, parfumée.

Plante vigoureuse, rustique et extrêmement fertile. Maturité hâtive et prolongée.

Variété hors ligne sous tous les rapports, tant

pour la culture des jardins et des champs, que pour les forceries. Ne saurait être assez répandue.

Obtenue en 1862 par Bradley, et introduite en France par nous en 1864.

Souvenir de Kieff (de Jonghe).

Fruit très-gros, en cône allongé, quelquefois aplati et carré du bout ou lobé ; couleur d'un beau rouge vif vernissé ; graines très-saillantes ; chair blanc carné, ferme, pleine, juteuse, sucrée, relevée. Exquise. Magnifique fraise.

Plante rustique, vigoureuse et très-fertile. Maturité mi-tardive et prolongée.

Obtenue en 1859 par de Jonghe, introduite en France par nous en 1862.

Surprise (Myatt) ; synonymes : *Léon de Saint-Laumer* (Grin) ; *la Honte des Jaloux* (Dupont).

Fruit gros, très-gros ou monstrueux, de forme très-variable, conique, allongée, aplatie, ou en crête de coq ; couleur rose saumoné plus ou moins vif ; graines à la surface ; chair blanche ou blanc rosé, creuse, molle, juteuse, sucrée ; malheureusement de saveur médiocre et se décomposant vite par des temps humides.

Plante rustique, très-vigoureuse et extrêmement fertile, maturité moyenne et prolongée.

Obtenue en 1850 par Myatt, introduite en France par nous en 1852.

Figurée dans l'*Horticulteur praticien*.

Topsy (de Jonghe).

Fruit moyen ou gros, de jolie forme très-allongée; orange vif glacé; graines à la surface; chair rose, pleine, ferme, juteuse, sucrée, très-parfumée; excellente.

Plante rustique et vigoureuse, fertilité et maturité moyennes.

Obtenue en 1859 par de Jonghe, introduite en France par nous en 1862.

Triomphe de Gand.

Fruit gros, de forme allongée ou aplatie; couleur rouge vif glacé; grains jaunes à la surface; chair rose, pleine, juteuse, sucrée, assez parfumée. Plante rustique, fertile et hâtive.

Triomphe de Paris (Souchet).

Superbe fruit, de première grosseur, rond, ovale ou en crête de coq; rouge orangé glacé; graines saillantes; chair rose à cavité centrale, juteuse, fondante, très-sucrée et parfumée.

Plante très-vigoureuse et rustique, productive et de maturité plutôt tardive que moyenne. Obtenue il y a douze ans par feu Souchet, cultivateur à Bagnolet, mise au commerce par nous en 1867.

Victoria (Trollope).

Fruit gros ou très-gros, de belle forme, régulièrement ronde; vermillon plus ou moins vif; graines enfoncées; chair blanc rosé, très-tendre, creuse, juteuse, sucrée, de saveur agréable, mais se décomposant vite après la cueille, et par conséquent supportant mal le transport.

Plante très-rustique, très-vigoureuse, très-productive, maturité moyenne et se force bien.

Obtenue en 1849 par L. Trollope, jardinier à Bath, introduite en France par nous en 1851.

Victoria ovata (Robine).

Fruit très-gros, de forme ovoïde ou en cœur; d'une belle couleur vermillon clair; chair ferme et pleine, rosée au centre, rouge à la circonférence, d'un bon goût plus relevé que celui de *Victoria* (Trollope); graines saillantes.

Plante très-vigoureuse et très-fertile.

Obtenue par M. Robine, horticulteur à Sceaux.

Vineuse de Nantes (Boisselot).

Fruit gros, de forme ovale ou aplatie; rouge vif glacé; graines saillantes; chair rouge, pleine, juteuse, sucrée, vineuse et parfumée. Excellente fraise.

Plante vigoureuse et rustique. Fertilité moyenne et maturité tardive.

Obtenue par M. Boisselot, à Nantes.

White Pineapple ; synonyme : *White Albion*.

Fruit gros, rond, d'un blanc pur, rosé au côté exposé au soleil; graines saillantes; chair pleine, blanc de neige, fondante, sucrée, très-parfumée.

Plante très-vigoureuse, très-rustique et d'une grande fertilité. Maturité hâtive.

Originaire de l'Amérique.

Wonderful (Jeyes); synonymes : *Myatt's Prolific; Versaillaise* (Salter); *Bats Wing* (en Ecosse); *Elisa de Vilmereux* (Cat. Lemoine); *Perle de Rastede* (Haage).

Fruit gros, de forme allongée, aplatie, carrée du bout et souvent blanc au sommet; graines nombreuses, saillantes; chair blanc pur, quelquefois à cavité centrale, beurrée, fondante, sucrée, acidulée, très-parfumée, excellente.

Plante très-vigoureuse, d'une fertilité extraordinaire, tardive et se forçant bien en seconde saison. Cette variété a eu l'honneur, par ses grandes qualités, d'avoir été rebaptisée plus souvent qu'aucune autre; elle a été positivement obtenue en 1850 par Myatt et fut mise au commerce sous le nom de *Myatt's Prolific* qui devrait lui rester; mais ayant été répandue plus tard plus généralement sous celui de *Wonderful*, qui lui a été donné en 1857 par John Jeyes, à Northampton, je la décris sous ce dernier nom.

VARIÉTÉS EUROPÉENNES.

RACE DES CAPRONNIERS.

Hautbois des Anglais, Moschus ou Vierlander des Allemands.

Belle Bordelaise (Lartey).

Fruit de grosseur moyenne, conique; rouge vineux, peu coloré en culture mal soignée ; graines saillantes ; chair blanc jaunâtre, pleine, ferme, sucrée, d'un goût très-parfumé. Très-recherché par certaines personnes, excellentissime selon moi.

Plante très-rustique, très-fertile, demi-hâtive, donne souvent à l'automne une seconde petite récolte, si les arrosements ne lui ont pas manqué après la première fructification.

Obtenue en 1854 par M. Lartey, horticulteur à Bordeaux.

Bijou des Fraises (Wolff).

Fruit plus gros que le précédent et de couleur plus foncée, d'une saveur plus riche selon quelques personnes.

Plante vigoureuse, rustique et fertile.

Obtenue en Allemagne il y a douze ans.

7.

Black Hautbois; synonyme : *Capron noir*.

Fruit moyen, de belle forme ronde ; rouge très-foncé, presque noir à complète maturité et en culture soignée ; chair blanc jaunâtre, beurrée, pleine, ferme, très-sucrée, très-parfumée ; selon moi, le plus riche des caprons.

Plante très-vigoureuse et rustique, de fertilité moyenne.

Origine inconnue, nous est venue de l'Angleterre.

Large flat Hautbois.

Fruit assez gros, de forme élargie aplatie ; couleur moins foncée que les autres fruits de cette race. Qualité exquise.

Plante très-vigoureuse, rustique, de fertilité et maturité moyenne.

Originaire de l'Angleterre.

Monstrous Hautbois; synonymes : *Improved Hautbois ; — Fertilized Hautbois* (Myatt).

Fruit gros, en culture soignée le plus gros des caprons ; rouge vineux foncé; qualité à peu près semblable aux autres variétés de cette espèce.

Plante touffue, très-vigoureuse, très-fertile et de maturité tardive.

Originaire de l'Angleterre.

Royal Hautbois (Rivers). [Ne pas confondre avec l'ancien *Capron royal.*]

Fruit moyen ou gros, de forme arrondie; couleur rouge vineux; chair blanc jaunâtre, pleine, ferme, beurrée, fondante, très-sucrée, très-parfumée.

Plante vigoureuse et rustique, et d'une grande fertilité, maturité assez tardive et prolongée.

Obtenue en 1861 par M. Rivers, à Sawbridgeworth, d'un semis de la *Belle-Bordelaise* et considérée comme une amélioration notable.

FRAISES PERPÉTUELLES.

Des Quatre-Saisons, de tous les mois, Semperflorens, improprement appelée *des Alpes.*

Choix des meilleures variétés de cette section.

Blanche d'Orléans (Vigneron).

Fruit relativement gros, de couleur blanc jaunâtre.

Plante très-fertile.

Obtenue en 1859 par Jacques Vigneron, horticulteur à Orléans.

Janus (Bruant).

Fruit d'un beau rouge, très-gros et quelquefois lobé; de qualité exquise.

Plante vigoureuse et très-fertile.

Obtenue à Poitiers en 1863.

Meudonnaise (la), ou à feuilles de laitue ; synonyme : *Triomphe de Hollande*.

Fruit plus gros que les autres variétés de cette section, de jolie couleur rose vif et d'excellente qualité.

Plante d'un joli aspect avec son feuillage gaufré, fertile et vigoureuse.

Obtenue il y a déjà longtemps par M. Laffay, à Meudon.

Rouge, du potager impérial de Versailles.

Gloire de Saint-Genis-Laval (Lafont).

Galland (Vigneron).

Royale de Normandie.

Charlet.

Perpétuelle du Poitou.

Reine des Quatre-Saisons.

Gloire du Nord.

Sous-variétés à fruit plus ou moins rouge et de toute première qualité.

Rouge à fruit brun de Gilbert.

Fruit de bonne grosseur, remarquable par sa couleur rouge brun presque noir, très-parfumé et très-abondant.

Gaillon, ou fraisier sans coulants.

Fruit rouge et blanc ayant les mêmes qualités que les autres de cette section.

Très-précieux pour faire de jolies bordures dans le potager, où il réjouit l'œil et le palais pendant toute la belle saison.

Obtenue vers 1820 par M. Baube à Gaillon.

FRAISES PAR ORDRE DE MATURITÉ.

Autant que l'irrégularité des saisons et du temps permet de le préciser.

Les plus hâtives.

Alexandre II.	Muscadin de Liége.
Ambrosia.	Président.
Avenir.	Prince Arthur (Powell).
Early Prolific.	Prince impérial.
Ecarlate Beehive.	Prince of Wales (S. N.).
Ecarlate Groveend.	Princess Alice Maud.
Eclipse (Reeve).	Princess Dagmar.
Eliza (Myatt).	Princess of Wales.
Emma.	Progrès.
Germania.	Sir Joseph Paxton.
Gweniver.	Triomphe de Gand.
Marguerite.	White Pineapple.
Marquise de Latour-Maubourg.	Belle Bordelaise.
	Les Quatre-Saisons.

De maturité moyenne.

Ascot Pineapple.
Barnes' large White.
British Queen.
British Sovereign.
Carolina superba.
Cérès.
Charles Downing.
Châtelaine.
Chili Orange.
La Constante.
Cornucopia.
Crémont.
Duc de Malakoff.
Duke of Edinburgh.
Eliza (Rivers).
Empress Eugénie.
Excellente.
Fairy Queen.
Ferdinand Gloede.
La Fertile.
Globe.
Gloria.
Goliath.
Her Majesty.
L'Impériale.
John Powell.
La Petite Marie.
Lucas.
Magnum Bonum.
Mistress Wilder.
Newton Seedling.
Oscar.
Premier.
La Reine.
Rubis.
Sabreur.
Savoureuse.
Sir Harry.
Sir Harry Orange.
Surprise.
Topsy.
Victoria.
Victoria Ovata.
Bijou des fraises.
Black Hautbois.
Large flat Hautbois.
Royal Hautbois.

Tardives.

Admiral Dundas.
Ananas Lecoq.
Belle Bretonne.
Belle Cauchoise.

Belle de Paris.

Bijou.

Bonté de St-Julien.

Boule d'Or.

Chalonnaise.

Cockscomb.

Ecarlate Américaine.

Eleanor.

Emily.

Filbert Pine.

Frogmore late Pine.

Grosse sucrée.

Haquin.

Hendries Seedling.

James Veitch.

Jucunda.

Kaminski.

Ménagère.

Mr Radclyffe.

Napoléon III.

Président Wilder.

Prince Alfred.

Prince Arthur (Wilmot).

Quinquefolia.

Roi d'Yvetot.

Scarlet Pine.

Sir Charles Napier.

Souvenir de Kieff.

Triomphe de Paris.

Vineuse de Nantes.

Wonderful.

Monstrous Hautbois.

Très-Tardives.

Chili blanc rosé.

Délicieuse.

Doctor Hogg.

Lucie.

Me Elisa Vilmorin.

Reus van Zuidwijk.

Rifleman.

Les plus grosses et les plus belles pour ornement d'un dessert.

Avenir.

Gweniver.

Marguerite.

Sir Joseph Paxton.

Barnes' large white.

Duke of Edinburgh.

Empress Eugénie.

Her Majesty.

Rubis.
Sir Harry.
Sir Harry orange.
Surprise.
Amiral Dundas.
Belle de Paris.
Boule d'Or.
Cockscomb.
Frogmore late Pine.
Haquin.

Jucunda.
Kaminski.
Sir Charles Napier.
Souvenir de Kieff.
Triomphe de Paris.
Chili blanc rosé.
Doctor Hogg.
Reus van Zuidwijk.
Rifleman.

Les plus exquises.

Certaines variétés acquièrent plus de parfum
dans un terrain sec et chaud, ou au midi, que dans
un sol compacte, ou au nord.

Early Prolific.
Eliza (Myatt).
Germania.
Président.
Sir Joseph Paxton.
Ascot Pineapple.
British Queen.
British Sovereign.
Carolina superba.
C. Downing.
La Constante.
Duke of Edinburgh.
Fairy Queen.

Ferdinand Gloede.
Her Majesty.
La Petite Marie.
Lucas.
La Reine.
Sabreur.
Sir Harry.
Sir Harry orange.
Topsy.
Boule d'Or.
Chalonnaise.
Cockscomb.
Emily.

Filbert Pine.   Elisa Vilmorin.
Frogmore late Pine.   Prince Arthur (Wilmot).
Mr Radclyffe.   Scarlet Pine.
Président Wilder.   Triomphe de Paris.
Doctor Hogg.   Les Caprons.

Les plus avantageuses pour la culture en grand pour la vente.

Avenir.   L'Impériale.
Early Prolific.   Rubis.
Marguerite.   Victoria.
Président.   Bonté de St-Julien.
Prince of Wales (S. N.)   Jucunda.
Sir Joseph Paxton.   Kaminski.
Triomphe de Gand.   Sir Charles Napier.
La Constante.   Doctor Hogg.
Empress Eugénie.   Rifleman.

Propres à faire des confitures.

Ecarlate Grovecnd.   Eliza (Myatt).
Ecarlate Beehive.   Chili Orange.
Les Caprons.   Bonté de St-Julien.
Les Quatre Saisons.   Filbert Pine.
British Queen.   Sir Joseph Paxton.
La Constante.

Variétés qui supportent bien le transport.

Avenir.   Marquise de Latour-
Early Prolific.   Maubourg.
Eliza (Myatt).   Président.

Prince Impérial.

Sir Joseph Paxton.

Ascot Pineapple.

Carolina superba.

La Constante.

Duke of Edinburgh.

Empress Eugénie.

Fairy Queen.

Ferdinand Gloede.

La Fertile.

Her Majesty.

Lucas.

Oscar.

Sabreur.

Sir Harry Orange.

Topsy.

Bijou.

Bonté de St-Julien.

Chalonnaise.

Cockscomb.

Emily.

Frogmore late Pine.

Jucunda.

Mr Radclyffe.

Président Wilder.

Prince Arthur.

Quinquefolia.

Scarlet Pine.

Sir Charles Napier.

Souvenir de Kieff.

Wonderful.

Doctor Hogg.

LISTE DESCRIPTIVE

DE QUELQUES VARIÉTÉS DE RACE AMÉRICAINE

Estimées par certaines personnes
bien qu'elles ne puissent être considérées de premier mérite
ou qui n'ont pu encore être suffisamment étudiées
pour être classées.

Adair (Elphinstone).

Fruit gros ou très-gros, de forme en cœur pointu; rouge foncé vernissé; graines peu enfoncées dans les alvéoles; chair creuse, rose, sucrée, très-parfumée.

Plante vigoureuse, assez rustique, fertilité et maturité moyenne.

Obtenue en 1856 par M. Elphinstone, en Angleterre; introduite en France par nous en 1857.

Alice Nicholson (Nicholson).

Fruit moyen ou gros, de forme en cône à col; couleur rose orangé, nuancée de jaune; graines saillantes; chair d'un blanc de crème, pleine, ferme, sucrée, beurrée, fondante, extrêmement fine et parfumée.

Plante peu vigoureuse et assez rustique, de fertilité modérée. Maturité mi-tardive.

Obtenue en 1864 par Nicholson, introduite en France par nous en 1866.

Ananas perpétuel (Gloede).

Fruit moyen, de forme ovale ou conique; rouge écarlate; graines saillantes; chair blanc carné, pleine, ferme, juteuse, sucrée, parfumée.

Plante vigoureuse et très-rustique. C'est la première variété de fraisiers de cette race qui remonte plusieurs fois dans l'année; mais, comme elle donne une quantité prodigieuse de coulants qui absorbent la sève, il convient de les supprimer au fur et à mesure pour permettre aux pieds de remonter. Elle a aussi l'inconvénient qu'après la première récolte, les fleurs qui se montrent de nouveau avortent quelquefois sans cause apparente. Quoi qu'il en soit, le premier pas vers une race de grosses fraises remontantes est fait; espérons que nous obtiendrons une variété qui ne laissera rien à désirer!

Obtenue par nous en 1866.

Augusta (Lebeuf).

Fruit de première grosseur, de forme allongée, aplatie ou en crête de coq; rouge cramoisi vif; chair rose, très-sucrée, très-juteuse et parfumée.

Plante très-vigoureuse et rustique, paraît fertile. Maturité moyenne.

Obtenue par M. Lebœuf, à Argenteuil, en 1867.

Auguste Retemeyer (de Jonghe).

Fruit gros ou très-gros, de forme ronde ou ovale; couleur rouge vermillon, souvent à bout blanc; graines saillantes ou peu enfoncées; chair saumon, très-pleine, ferme, juteuse, sucrée, parfumée.

Plante très-vigoureuse, assez rustique et très-fertile. Maturité moyenne.

Obtenue en 1854 par de Jonghe, introduite en France par nous en 1857.

Beauty of England (Frewin).

Fruit gros, de forme en cœur ou allongée, quelquefois baroque; couleur rouge foncé, brillant; chair rouge, juteuse, sucrée, parfumée; graines enfoncées dans les alvéoles.

Plante vigoureuse et fertile, de maturité moyenne.

Obtenue en 1859 par M. Frewin, jardinier à Barnes, en Angleterre; introduite en France par nous en 1860.

Belle de Vibert (Vibert).

Fruit gros, de forme variable; rouge foncé; graines saillantes; chair rose, creuse, sucrée, juteuse, relevée.

Plante rustique et vigoureuse, très-fertile et de maturité moyenne.

Obtenue il y a environ vingt ans par M. Vibert, à Angers.

Black Prince (Cuthill).

Fruit petit ou moyen, de forme en cœur obtus, quelquefois conique ; rouge brun ; graines peu enfoncées dans les alvéoles ; chair rouge, à cavité centrale, juteuse, sucrée, bonne, sans être parfumée.

Plante rustique, hâtive, très-fertile dans certaines localités et dans certaines années, peu productive dans d'autres, existe depuis longtemps en Écosse sous le nom de *Malcolm's Aberdeen Seedling*. Plus tard, elle fut répandue sous le nom de *Black Prince* par James Cuthill, à Camberwell.

Cambrian Prince (Roberts).

Beau et gros fruit, de forme ovale, allongée ; vermillon clair ; chair saumonée, juteuse, sucrée, et d'une saveur très-rafraîchissante.

Plante d'une vigueur hors ligne, paraît très-fertile. Maturité moyenne. A l'étude.

Obtenue en 1857 par Roberts, à Denbigh, introduite en France par nous en 1859.

Chili velu ou de Plougastel ; synonyme : *Prémices de Bagnolet.*

Fruit gros ou très-gros, de forme arrondie ; couleur rouge terne; graines presque saillantes; chair carnée, creuse, juteuse, sucrée, assez bonne.

Plante très-vigoureuse, et dans certaines localités rustique, peu fertile. Maturité demi-tardive. C'est une des variétés de la fraise du Chili, cultivée en Bretagne et notamment à Plougastel. M. Denis Graindorge l'a répandue sous le nom de *Prémices de Bagnolet*, et fait figurer sous ce nom dans la *Revue horticole* de 1850.

Comte de Paris (Pelvilain).

Fruit assez gros, de forme en cœur pointu; rouge cramoisi brillant; graines peu enfoncées; chair rouge, creuse, molle, juteuse, sucrée, relevée.

Plante vigoureuse, fertile, de maturité moyenne.

Obtenue en 1846 par Pelvilain, jardinier en chef au château de Meudon.

Comtesse de Marnes (Graindorge).

Fruit de grosseur très-variable, tantôt moyen ou gros, tantôt très-gros, de forme conique, rond ou en crête de coq et tomate; couleur rouge vermillon, parfois taché de jaune; graines peu enfoncées dans les alvéoles; chair creuse, blanc rosé, tendre, juteuse, sucrée, peu parfumée, se décomposant vite.

Plante rustique et vigoureuse, d'une grande fertilité et de maturité hâtive; se force bien.

Répandue dans le commerce en 1849 par Denis Graindorge, cultivateur à Bagnolet.

Figurée dans l'*Horticulteur français*.

Cornish Diamond (Mme Clements).

Fruit très-gros, souvent en crête de coq; rouge très-foncé; chair rouge, ferme, très-sucrée et très-parfumée.

Plante vigoureuse et productive. Maturité tardive.

Obtenue par Mme Clements en 1860, introduite en France par nous en 1868.

Cox's Hybrid.

Fruit assez gros, de forme conique ou aplatie; rouge écarlate vif glacé; graines saillantes; chair veinée de rouge, pleine, ferme, juteuse, sucrée, acidulée, parfumée.

Plante vigoureuse et rustique, très-fertile et de maturité tardive.

Obtenue en Angleterre vers 1853.

Crimson Cluster (Mme Clements).

Fruit en bouquet, gros ou moyen, rond, quelquefois en crête de coq; rouge pourpre; chair rouge, pleine, très-ferme, juteuse, très-sucrée, avec une saveur de cerise prononcée.

Plante vigoureuse, rustique et fertile. Maturité prolongée.

Obtenue en 1860 par Mme Clements, introduite en France par nous en 1862.

Crimson Queen (Myatt).

Fruit gros ou très-gros, de forme très-variable; rouge cramoisi terne; graines saillantes: chair carnée, pleine, ferme, sucrée, juteuse, parfumée, excellente.

Plante vigoureuse, mais peu rustique; très-fertile et tardive.

Obtenue en 1858 par Myatt, à Deptford, introduite en France par nous en 1860.

Délices du palais (Dr Nicaise).

Fruit moyen, de forme ronde ou ovale; rouge vif luisant; graines saillantes; chair ferme, pleine, juteuse, très-sucrée, très-parfumée.

Plante de végétation modérée, assez rustique, pas très-fertile. Maturité moyenne.

Obtenue en 1858 par le Dr Nicaise, à Châlons-sur-Marne, d'un semis de la fraise *Crémont*.

Docteur Nicaise (Nicaise).

Fruit gros ou très-gros, quelquefois énorme et de forme baroque; rouge orangé clair; chair blanc rosé, molle, creuse, pâteuse, médiocre.

Le fruit a le défaut de mûrir souvent d'un côté, tandis que de l'autre il reste encore vert, et dans une saison pluvieuse, il n'est pas mangeable!

8

Plante rustique et vigoureuse, de fertilité moyenne, très-hâtive.

Obtenue par le D͟ Nicaise en 1865.

Duchesse de Beaumont (Lorio).

Fruit gros ou très-gros, de forme ovale ou lobée; rouge foncé; graines saillantes; chair rouge, pleine, ferme, sucrée, parfumée.

Plante vigoureuse et rustique, très-fertile, de maturité moyenne.

Obtenue en 1859 par Lorio, à Liége, introduite en France par nous en 1860.

Duke of Cambridge (Stewart et Neilson).

Fruit gros en cône obtus; rouge écarlate vif; graines saillantes; chair blanc rosé, pleine, ferme, sucrée, relevée. Très-beau fruit.

Plante rustique et fertile, de maturité assez tardive.

Obtenue en 1859 par Stewart et Neilson à Liscard, introduite en France par nous en 1861.

Duke of Cornwall (Mᵐᵉ Clements).

Fruit assez gros, de belle forme en cœur; rouge vermillon brillant; graines saillantes; chair orange, pleine, juteuse, sucrée, assez parfumée. Variété rustique et fertile; mi-tardive.

Obtenu en 1862 par Mᵐᵉ Clements, introduite en France par nous en 1864.

Eclipse (Prince).

Fruit moyen, ovale ; rouge vif ; graines enfoncées dans les alvéoles ; chair rose, pleine, juteuse,
très-sucrée, assez parfumée.

Plante rustique et très-fertile, de maturité hâtive. Bonne fraise pour confitures.

Obtenue par M. R. Prince, horticulteur à New-
York, introduite en France par nous en 1862.

Elton Improved (Jardin royal de Frogmore).

Fruit gros, conique ou aplati ; rouge vif glacé ;
graines saillantes ; chair pleine, rouge, juteuse,
sucrée, fondante et parfumée.

Plante rustique et très-fertile, de maturité assez
tardive.

Obtenue par M. Powell en 1861, introduite en
France par nous en 1863.

Elton Pine (Knight) ; synonyme : *Merveille*
(Pelé).

Fruit gros, de forme le plus souvent conique,
parfois carrée ou aplatie ; rouge foncé glacé ; graines
jaunes, peu enfoncées ; chair rouge vif, pleine, juteuse, très-acide, parfumée ; manque presque totalement de sucre, et par ce motif est plutôt une
fraise pour confitures que pour dessert.

Plante vigoureuse et fertile, très-tardive au
Nord.

Obtenue en 1827 par Andrew Knight, à Downton-Castle, en Angleterre, connue en France seulement en 1840.

Exposition de Châlons (Nicaise).

Fruit gros, de forme ovale ou aplatie ; rouge pourpre brillant ; graines nombreuses, saillantes ; chair pleine, rose veiné de rouge, juteuse, sucrée, parfumée ; je lui ai trouvé un goût prononcé de cassis.

Plante vigoureuse et rustique, de fertilité douteuse, maturité moyenne.

Semis du Dr Nicaise de l'année 1860.

Fill Basket (Nicholson).

Fruit gros, de forme arrondie ; d'un beau rouge vermillon ; graines à la surface ; chair rose pâle, creuse, fondante, sucrée, savoureuse.

Plante vigoureuse, rustique et d'une grande fertilité, d'où lui vient son nom : *Emplit panier* ; maturité moyenne et prolongée.

Obtenue en 1852 par Nicholson et introduite en France par nous en 1853.

Fillmore (Feast).

Beau et gros fruit de belle forme ronde ; rouge pourpre luisant ; chair rose, pleine, très-ferme, juteuse, sucrée, parfumée. Hampes très-fermes, supportant bien les fruits rassemblés en bouquet hors du feuillage.

Plante vigoureuse, rustique et fertile, de maturité hâtive.

Obtenue il y a environ quinze ans par M. Feast, horticulteur à Baltimore, aux États-Unis, introduite en France par nous en 1860.

Garibaldi (Nicholson).

Fruit gros, de forme ovale; rouge vif glacé; graines enfoncées dans les alvéoles; chair saumon, pleine, ferme, juteuse, sucrée, relevée.

Plante rustique et vigoureuse, assez fertile et de maturité moyenne.

Obtenue en 1859 par Nicholson, introduite en France par nous en 1860.

Gélineau.

Fruit gros, de forme conique ou aplatie; rouge foncé brillant; chair rouge, juteuse, sucrée, agréablement acidulée.

Plante rustique et fertile, de maturité très-tardive.

Obtenue en 1852 par Gélineau, jardinier à Angers.

Great Eastern (Stewart et Neilson).

Fruit gros ou-très-gros, de forme variable; couleur rose vif; graines saillantes; chair blanche,

8.

pleine, ferme, juteuse, sucrée, relevée, très-bonne.

Variété vigoureuse et rustique, donnant peu de coulants, fertile et tardive.

Obtenue en 1859 par Stewart et Neilson, introduite en France par nous en 1861.

Héléna Jamin (Jamin et Durand); synonymes : *Mme Elisa Champin* et *Souvenir d'Émilie*.

Fruit gros ou très-gros, de forme très-allongée, carré au bout, rouge vif; graines enfoncées; chair blanche presque pleine, sucrée, relevée.

Plante rustique, vigoureuse, de fertilité douteuse. Maturité tardive.

Obtenue en 1857 par Jamin et Durand, pépiniéristes à Bourg-la-Reine.

Héro (de Jonghe).

Fruit gros, assez régulièrement rond ou ovale; rouge brillant; graines peu enfoncées dans les alvéoles; chair cerise carminé, juteuse, sucrée, parfumée.

Plante très-rustique, vigoureuse et fertile, maturité hâtive.

Obtenue en 1859 par de Jonghe, introduite en France par nous en 1862.

Highland Mary (Cuthill).

Fruit moyen ou gros, de jolie forme allongée;

couleur rouge vif vernissé; chair rose, pleine, juteuse, sucrée, relevée.

Plante rustique et très-fertile, maturité moyenne.

Obtenue en 1858 par James Cuthill, jardinier à Camberwill en Angleterre, introduite en France par nous en 1860.

Hovey's Seedling.

Fruit gros, quelquefois très-gros, de forme arrondie ou lobée; couleur rouge vermillon; graines peu enfoncées dans les alvéoles; chair pleine, sucrée, relevée, un peu molle.

Plante rustique, vigoureuse et très-fertile, maturité hâtive.

Obtenue en 1825 par M. Hovey, horticulteur à Boston aux États-Unis, et connue en France depuis bon nombre d'années.

Jenny Lind (Isaac Fay).

Joli fruit, de grosseur moyenne, belle forme en cône allongé; rouge écarlate vif; chair rose ferme, juteuse, sucrée, légèrement acidulée.

Plante vigoureuse, rustique et très-fertile, l'une des plus hâtives.

Obtenue en 1856 par Isaac Fay, horticulteur à Boston aux États-Unis, introduite en France par nous en 1858.

Kate (Mme Clements).

Fruit moyen, de jolie forme en cône pointu allongé; rouge vif foncé; graine saillante; chair rouge, pleine, juteuse, sucrée, parfumée et très-rafraîchissante.

Variété rustique et très-fertile. Très-hâtive.

Obtenue en 1860 par Mme Clements, et introduite en France par nous en 1862.

Keen's Seedling; synonymes : *Reine des fraises; l'Anglaise.*

Fruits petits et gros, de formes diverses, quelquefois arrondie ou ovale; les plus gros en crête de coq; rouge cramoisi vif vernissé; graines profondément enfoncées dans les alvéoles; chair rouge à la circonférence, blanc rosé au centre, pleine, juteuse, fondante, très-sucrée, parfumée, excellente.

Plante rustique et vigoureuse, de maturité hâtive et se forçant bien. Malheureusement, elle ne donne qu'une seule cueille de grosseur convenable.

Obtenue en 1820 par Michel Keen, jardinier maraîcher à Isleworth, en Angleterre, connue en France dès 1824.

Kimberley Pine.

Fruit gros, de forme variable, ovale ou aplati

et carré du bout ; rouge vif ; graines à la surface ; chair pleine, rouge, très-juteuse, sucrée, relevée.

Variété très-rustique, vigoureuse et fertile, de maturité assez tardive.

Obtenue par M. Kimberley, à Coventry en Angleterre, et introduite en France par nous en 1863.

King Arthur (Mme Clements).

Fruit moyen ou gros, en cône très-allongé ; rouge vif glacé ; graines saillantes ; chair rose, pleine, juteuse, sucrée, relevée.

Plante vigoureuse et fertile, maturité tardive.

Obtenue en 1860 par Mme Clements, introduite en France par nous en 1862.

Lady (The) (Underhill).

Fruit gros ou très-gros, de forme ronde ou aplatie ; couleur blanc rosé, plus vif au calice ; graines à la surface ; chair blanc de neige, pleine, tendre, sucrée, parfumée.

Plante très-vigoureuse et rustique, d'une grande fertilité et assez tardive.

Coloris tout à fait distinct.

Obtenue en 1865 par R. Underhill, à Edgbaston, introduite en France par nous en 1866.

Léonce de Lambertye (de Jonghe).

Fruit gros ou très-gros, d'une belle forme conique ou aplati du bout, souvent le bout noueux et blanchâtre ; couleur rouge vernissé ; graines peu enfoncées dans les alvéoles ; chair ferme , d'un blanc carné ; jus abondant, sucré et d'une saveur relevée.

Provient d'un semis de la *Grosse Sucrée*.

La plante est assez rustique et vigoureuse, très-fertile et de maturité moyenne.

Cette fraise nous avait d'abord fait concevoir de grandes espérances, qui ne se sont malheureusement point réalisées par la suite, car si elle a de grandes qualités, elle a aussi des défauts sérieux, et c'est pour ces motifs que nous la retirons de la liste de choix.

Obtenue en 1859 par de Jonghe, introduite en France par nous en 1863.

Lorenz Booth (de Jonghe).

Fruit gros ou très-gros, oblong ; couleur rouge luisant ; chair cerise carminée, pleine, juteuse, sucrée, relevée.

Plante rustique, vigoureuse et fertile, maturité hâtive.

Obtenue en 1859 par de Jonghe, introduite en France par nous en 1862.

Louis Vilmorin (Robine).

Fruit moyen ou gros, de forme en cœur ; couleur rouge foncé luisant ; chair pleine, rouge, juteuse, relevée, bonne.

Plante rustique et fertile, de maturité assez hâtive.

Bonne à forcer en pots.

Obtenue en 1863, par M. Robine, horticulteur à Sceaux.

Lucida perfecta (Gloede).

Fruit moyen ou gros, de forme ronde très-régulière; couleur rose orangé; graines saillantes; chair blanche, pleine, sucrée, vineuse, parfumée, exquise, mais un peu tendre.

Plante très-rustique, très-vigoureuse, fertile, de maturité tardive et prolongée.

Obtenue par nous en 1861 d'un semis de *Fragaria lucida* croisée avec la *British Queen*.

Mauresque (La) (de Jonghe); synonyme : *La Noire*.

Fruit moyen, de forme ovale ou conique; rouge brun noirâtre à parfaite maturité; graines à la surface; chair rouge sang, pleine, ferme, juteuse, très-sucrée, avec le parfum du capron lorsqu'il est cueilli à point.

Plante rustique, assez fertile et de maturité moyenne.

Obtenue par de Jonghe en 1854; introduite en France par nous en 1862.

May Queen (Nicholson).

Fruit de grosseur moyenne et inégale, mais de

forme assez régulière, arrondie, quelquefois plus large que longue ; vermillon orangé ; graines enfoncées dans les alvéoles ; chair blanche, pleine, fondante, assez sucrée et parfumée. Excellente à parfaite maturité.

Plante basse, vigoureuse et rustique, très-fertile. La plus hâtive de toutes les fraises connues jusqu'à ce jour, y compris la *Quatre-Saisons*.

Obtenue en 1857 par Nicholson, et introduite en France par nous dès 1858.

Nous en avons récolté des fruits parfaitement mûrs, au pied d'un mur au midi, sans aucun autre abri, dès le 12 mai.

M. Grison, au potager de Versailles, a récolté, le 15 janvier 1865, des *May Queen* en culture forcée.

Modèle (de Jonghe).

Fruit gros, ovale ou aplati ; rouge vif luisant ; graines saillantes ; chair carnée, ferme, pleine, juteuse, sucrée, avec un goût très-prononcé de capron lors de sa parfaite maturité.

Plante très-trapue, peu rustique en hiver et de croissance modérée, donnant fort peu de coulants. Maturité moyenne.

Obtenue en 1859, par de Jonghe, introduite en France par nous en 1862.

Monstrueuse de Robine.

Fruit de grosseur et de forme très-variables, le

plus souvent très-baroque et peu agréable à l'œil; rouge écarlate ; graines enfoncées dans les alvéoles ; chair rose, sucrée, acidulée, pâteuse.

Plante très-vigoureuse, très-rustique, de fertilité moyenne ; maturité mi-hâtive.

Obtenue en 1856 par M. Robine, jardinier dans le département du Haut-Rhin.

Myatt's Pine apple.

Fruit moyen, de forme conique ; couleur rose orangé ; graines saillantes ; chair blanc de neige, pleine, beurrée, fondante, très-sucrée, très-parfumée, exquise.

Plante peu vigoureuse, peu fertile, de maturité moyenne. Délaissée à cause de sa délicatesse qui la fait périr souvent l'hiver, fait regrettable, car les qualités exquises de son fruit sont jusqu'ici sans égales.

Obtenue il y a environ vingt ou vingt-deux ans par le célèbre Myatt.

Nec plus ultra (de Jonghe).

Fruit gros ou très-gros, de forme très-irrégulière, souvent très-allongée; rouge brun, presque noir à complète maturité ; graines presque saillantes ; chair rouge, juteuse, sucrée, molle, peu parfumée.

Plante rustique et vigoureuse, très-fertile et hâtive.

9

Obtenue en 1854, par de Jonghe, introduite en France en 1855.

Nonsuch (Robertson).

Fruit moyen, de forme ronde ; couleur rouge pourpre glacé ; graines très-saillantes ; chair rouge, pleine, beurrée, fondante, très-sucrée, très-riche, exquise.

Plante d'une végétation modérée, quoique rustique, de maturité et fertilité moyennes.

Obtenue en 1857 par Robertson, horticulteur à Paisley, en Écosse ; introduite en France par nous en 1859.

Orb (Nicholson).

Fruit gros, de forme globuleuse ; couleur rose vif ; graines saillantes ; chair d'un blanc jaunâtre, beurrée, pleine, sucrée, parfumée, exquise.

Plante rustique et assez fertile, de maturité moyenne.

Obtenue en 1858 par Nicholson, introduite en France par nous en 1860.

Othello (Mme Clements).

Joli fruit moyen, de forme ovale ou arrondie ; rouge pourpre brillant, plus foncé à parfaite maturité ; graines à la surface ; chair rouge, pleine, ferme, sucrée, très-juteuse, relevée.

Plante de vigueur moyenne, rustique et fertile ; maturité mi-hâtive.

Obtenue en 1865 par Mme Clements, introduite en France par nous en 1867.

Palmyre (Berger).

Fruit assez gros de belle forme en cône obtus ; couleur rose vif ; coloris distinct ; graines saillantes ; chair blanc rosé, pleine, sucrée, juteuse, relevée.

Plante rustique, de maturité moyenne et assez fertile.

Obtenue aux environs de l'année 1855, par M. Berger fils, cultivateur à Verrières, d'un semis de la fraise *Comte de Paris*.

Patrick.

Fruit gros, de forme allongée, aplatie ; rouge vif ; graines enfoncées ; chair blanc rosé, creuse, sucrée, très-juteuse et agréablement parfumée ; bonne fraise.

Plante vigoureuse et rustique, fertile : maturité hâtive.

Obtenue en 1849 en Angleterre.

Paysanne (de Jonghe).

Fruit gros, de forme ovale ou allongée ; rouge vermillon pâle ; graines à la surface ; chair saumon, creuse, molle, juteuse, peu sucrée, peu relevée.

Plante vigoureuse, d'une grande fertilité et de maturité moyenne.

Obtenue en 1859, par de Jonghe, introduite en France par nous en 1862.

Prince of Wales (Cuthill).

Fruit gros, de forme conique; rouge vermillon; graines peu enfoncées; chair rose vif, pleine, juteuse, sucrée, acidulée.

Plante rustique et très-fertile, très-tardive, et à cause de cela précieuse. Bonne fraise pour confitures.

Obtenue en 1852, par James Cuthill, introduite en France par nous en 1858.

Prince of Wales (Jardin royal de Frogmore.)

Fruit gros, de forme ovale ou allongée; couleur rouge vif; chair rose, juteuse, sucrée, relevée.

Plante rustique et vigoureuse, maturité hâtive; se force bien; fertilité moyenne.

Obtenue en 1852 par John Powell, introduite en France par nous en 1854.

Princesse Royale (Pelvilain).

Fruit de grosseur inégale, de forme le plus souvent conique; rouge vermillon glacé, parfois à bout blanc; graines enfoncées dans les alvéoles; chair rose veinée de rouge, à cavité centrale avec mèche ligneuse, juteuse, sucrée, acidulée.

Plante très-vigoureuse, très-rustique, fertile et hâtive. Bonne à forcer.

Obtenue en 1846 par G. Pelvilain, à Meudon.

Il y a une sous-variété provenant de la *Princesse*, nommée *Marie-Amélie*, gagnée par M. Pléc, à Bezons, il y a un certain nombre d'années, que je considère comme supérieure au type, bien qu'elle soit un peu moins rustique.

Princess Frederick William (Niven).

Fruit de grosseur moyenne, quelquefois assez gros, de jolie forme ronde ou lobée ; vermillon vif ; graines rares, enfoncées dans les alvéoles ; chair rose, pleine, un peu pâteuse, peu sucrée, peu relevée.

Plante très-vigoureuse, très-rustique, très-fertile et des plus hâtives.

Obtenue en 1858 par M. Niven, horticulteur à Drumcondra, en Irlande, introduite en France par nous en 1859.

Robuste (la) [de Jonghe].

Fruit gros, régulièrement rond ; couleur rouge foncé ; graines saillantes ; chair rouge, ferme, juteuse, très-sucrée, parfumée.

Plante très-vigoureuse, très-rustique, très-fertile, de maturité hâtive.

Obtenue en 1859 par de Jonghe, introduite en France par nous en 1862.

Ruby (Nicholson).

Fruit très-beau, gros, de forme allongée, aplatie ; couleur rouge vif glacé ; chair pleine, ferme, blanc rosé, sucrée, relevée.

Plante rustique et fertile, de maturité hâtive. Bonne à forcer.

Obtenue en 1852 par Nicholson, introduite en France par nous en 1853.

Scarlet Queen (Standish).

Gros fruit, de forme allongée et à col ; écarlate vif glacé ; graines saillantes ; chair blanche, pleine, ferme, fondante, sucrée, très-riche. Fraise exquise.

Plante vigoureuse, assez rustique et très-fertile : maturité tardive.

Obtenue par John Standish, horticulteur à Ascot, en 1865, introduite en France par nous en 1867.

Sultane (la) [docteur Nicaise].

Fruit gros, de forme conique, quelquefois deux fraises soudées ensemble ; couleur d'un beau rouge vermillon ; graines saillantes ; chair blanche, pleine, ferme, juteuse, très-sucrée, très-parfumée, exquise.

Plante très-vigoureuse, peu rustique, car elle périt souvent l'hiver ou jaunit ; très-fertile, de maturité moyenne.

Obtenue en 1858 par le docteur Nicaise, à Châlons-sur-Marne.

Tietjens (Henderson).

Fruit gros, de forme très allongée à col ; couleur rouge vif glacé ; graines à la surface ; chair rose pleine, juteuse, sucrée, très-parfumée.

Plante vigoureuse et fertile : maturité moyenne.

Mise au commerce par la maison Henderson, de Londres, en 1859.

Triomphe de Gand.

Fruit gros, de forme allongée, ovale ou aplatie ; rouge vif glacé ; graines jaunes, saillantes ; chair rose ferme, pleine, sucrée, parfumée, très-bonne.

Plante vigoureuse très-rustique, très-fertile, de maturité moyenne.

Originaire de la Belgique.

Triomphe de Liége (Lorio).

Fruit gros, quelquefois très-gros, de forme variable, souvent en crête de coq ; couleur rouge foncé ; graines peu enfoncées, chair rouge, juteuse, sucrée, relevée.

Plante très-vigoureuse et fertile, de maturité hâtive.

Obtenue en 1850 par Lorio, à Liége.

Virginie (de Jonghe).

Fruit gros, de forme ovale ou ronde, toujours

régulière ; rouge vif glacé ; graines saillantes ; chair rouge cerise, pleine, ferme, sucrée, juteuse, parfumée.

Plante très-vigoureuse, très-rustique et fertile, de maturité moyenne.

Obtenue en 1859 par de Jonghe, introduite en France par nous en 1862.

Wilmot's Superb ; synonyme : Fraise *Forest*.

Fruit gros ou très-gros, de forme ronde, quelquefois plus large que longue ; couleur rouge pourpre très-luisant ; graines très-saillantes ; chair rose veiné de rouge, creuse, juteuse, sucrée, assez bonne.

C'est un fruit d'une grande beauté et très-distinct des autres grosses fraises.

Plante vigoureuse et rustique, mais peu fertile. Maturité tardive.

Obtenue il y a de longues années par Wilmot, jardinier à Isleworth.

Variétés existant encore dans la culture, mais qui disparaîtront peu à peu pour la plupart, étant surpassées par de meilleures gagnées depuis.

DE RACE AMÉRICAINE.

Aigburth Seedling.

Ananas foliis variegatis.

Ananas de la Halle, synonymes : *Grandiflora; Ananas de Saint-Laud*, à Angers; *Ananas de Chamaillière*, à Clermond-Ferrand; *Fraise du Médoc*, dans le Bordelais.

Ananas blanc rosé, synonymes : de la *Caroline à fruit blanc;* de *Bath; Ananas de Guéménée.*

Annette (Salter).

Australia (Salter).

Athlète (Salter)

Baron (Le) (Prince).

Belle Artésienne (Demay).

Bicolor (de Jonghe).

Boston Pine (Novey).

Bouhon (Lemoine).

Brighton Pine.

Capitaine Cook (Nicholson).

Choix d'un connaisseur (de Jonghe).

Cœur de saint Innocent.

Comtesse Zamoïska (Jamin et Durand).

Cornue de Nantes.

9.

Cole's prolific.
Délices de l'automne (Malsoy).
Deptford Pine (Myatt).
D'r Karl Koch (de Jonghe).
Fertile d'Angers (Vibert).
Garibaldi (Stewart et Neilson).
Henriette.
Hoopers' Seedling.
Impérial Scarlet (Prince).
Impératrice Eugénie (Gauthier).
Jung Bahadoor (Nicholson).
Léopold (Lorio).
La bonne Aimée (Malenfant).
Lord Murray (Stewart et Neilson).
Madame Louesse (Graindorge).
Madame Collonge (Graindorge).
Mammouth (Myatt).
Mistress Neilson (Stewart et Neilson).
Mount Vesuvius (Rendle).
Munroe Scarlet.
Nannette (Lorio).
Palmée (Vibert).
Princess Royal of England (Cuthill).
Prince Alfred (Stewart et Neilson).
Richard II (Cuthill).
Rifleman (Roden).
Robert Traill (de Jonghe).
Royal Victoria (Stewart et Neilson).
Rustique (de Jonghe).

Saint-Lambert (Lorio).
Scott's Seedling.
Sir Colin Campbell (Stewart et Neilson).
Sir Walter Scott (Nicholson).
Swainstones Seedling.
Thoms' Seedling.
Triomphe (Prince).
Turner's Pine.
Victory of Bath (Lydiard).
Wilson's Albany.
Wizard of the North (Robertson).
Écarlate de Virginie.
Écarlate Roseberry.
Écarlate Duke of Kent.
Old Scarlet.
Unique Scarlet.
Écarlate Asa Gray.
Souvenir de Nantes (Boisselot).
Lucide (type) de la Californie.
Queen Victoria.

DE RACE EUROPÉENNE.

Fraise des bois.
Hagenbachiana.
Héterophylla.
Collina.
Du Valais (fraise Marteau).
Pratensis.

Viridis (fraise verte).
Majaufe ou Bargemon.
Vineuse de Champagne.
Monophylla de Duchêne.
Montreuil ou Dent de cheval.
Muricata (fraise de Plymouth).
Indica, à fleur jaune.
Multiplex, à fleur double.
Buisson des bois.
Capron royal.
Capron framboisé.
Prolific Hautbois.

Variétés définitivement rejetées, ne méritant plus la culture.

Angélique (Jamin et Durand).
A. Van Geert.
Ajax (Nicholson).
Amazon (Salter).
Astoria (Salter).
Baron Parguez (Gauthier).
Baronne Attenrode (Jamin et Durand).
Baron de Salamon (Graindorge).
Barnet's Seedling.

Belle de Croncels (Baltet).
Belle de Bruxelles (de Jonghe).
Belle de Palluau (Dr Bretonneau).
Britannia (Jackson).
Burr's Scioto.
Bostock ou Wellington.
Calypso.
Champion.
Charles' Favourite.
Charlemagne (Lorio).
Comtesse Kicka (Jamin et Durand).
Comtesse de Neuilly (Gauthier).
Coronation.
Culverwell's Sans Pareil.
Dixon's Royal Pine.
Duchesse de Brabant.
Duchesse de Nemours.
Downton (Knight).
Durfee's seedling.
Emilie (Jamin et Durand).
Ewbank's seedling.
Exhibition (Nicholson).
Ferdinande (Lorio).
Globe (Myatt).
Grand'mère de Bollwiller (Baumann).
Haarlem Orange.
Highland Chief.
Honneur de la Belgique.
Hooker.

Hudson Bay.

Impérial Bath.

Improved Black Prince (Foyne).

Impératrice Joséphine (Jamin et Durand).

Incomparable (Blake).

Knevett's New Pine.

Liégeoise.(la).

La Boule, du Monde (Soupert Notting).

La Négresse (Soupert Notting).

Ladies Finger.

Lorio (Lorio).

Louise-Marie, reine des Belges.

Mac Avoy's superior.

Mont Dassy.

Malcolm's Prize.

Marylandica.

Methven Castle.

Morris' New.

New Pine.

Omer Pacha (Ward).

Parisienne (la) [Jamin et Durand].

Peabody's seedling.

Perle (la) [de Jonghe].

Pitmaston Black scarlet.

Pivas Minston's seedling.

Prince of Wales (Toyne).

Prince Albert (Myatt).

Psyché.

Princesse Sapièha (Jamin et Durand).

Princesse Mathilde (Gauthier).
Reine Hortense (Jamin et Durand).
Sans Pareille des bords du Rhin.
Stirling Castle Pine.
Scarlet Non Pareil (Patterson).
Surpasse Mammouth (Soupert Notting).
Taylor's Emperor.
Williams.
Yowa d'Amérique.
Hybride Chili de Daubenton.

FIN

TABLE DES MATIÈRES

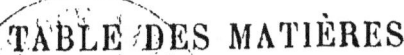

Avant-propos de la 2e édition...................... 7

CULTURE DE PLEINE-TERRE.

Choix du terrain et travaux préparatoires............. 9
Époque de la plantation........................... 12
Manière de planter.. 14
Soins à donner après la plantation................... .. 17
Traitement après l'hiver et avant la fructification........ 18
Cueillette................................. 21
Emballage et transport des fraises 22
Usage des fraises................................ 23
Confiture.... 23
Bonne recette pour confitures.... 24
Soins à donner aux fraisiers après la récolte....,........ 25
Culture bisannuelle en lignes........................ 26
Culture sur ados................................. 28
Pépinière et porte-coulants.......................... 30
Engrais et amendements............................ 32
Insectes nuisibles. — Le ver blanc 33
Chenilles verte et grise............................ 35
Limaces 36
Fourmi..... 36
Quelques observations sur les fraises dites Caprons........ 36
Multiplication et semis............................ 39
Par division ou éclats des vieux pieds................. 40
Par bouture des hampes fruitières.... 41
Par semis....................................... 42
Choix des porte-graines. 43

CULTURE HATÉE.

Préparation du plant destiné à cette culture............... 48
Établissement d'une couche......... 50
Insectes nuisibles...................................... 53
Variétés propres à la culture hâtée....................... 54
Culture hâtée en pots................................... 55
Après la récolte.. 56
Serre à fraises pour la culture forcée 57

CALENDRIER

DES TRAVAUX A EXÉCUTER DANS UNE FRAISIÈRE

Pendant les douze mois de l'année.

Janvier.. 59
Février ,.. 60
Mars... 61
Avril.. 62
Mai.. 63
Juin... 65
Juillet.. 66
Août... 67
Septembre.. 68
Octobre.. 69
Novembre... 69
Décembre... 70

LISTE DESCRIPTIVE DES BONNES FRAISES.

Variétés de race américaine............................. 71
Variétés européennes................................... 117
Fraises perpétuelles des Quatre-Saisons 119
Fraises par ordre de maturité.... 121
Les plus hâtives....................................... 121
De maturité moyenne.................................... 122

Tardives... 122
Très-tardives... 123
Les plus grosses et les plus belles pour ornement d'un dessert. 123
Les plus exquises.................................... 124
Les plus avantageuses pour la vente................. 125
Propres à faire des confitures....................... 125
Variétés qui supportent bien le transport............ 125
Liste descriptive de quelques variétés de race américaine, es-
    timées par certaines personnes, bien qu'elles ne puissent
    être considérées de premier mérite 127
Variétés encore existantes dans certaines cultures surpassées
    par de meilleures gagnées depuis. — De race américaine. 155
De race européenne.................................. 155
Variétés définitivement rejetées, ne méritant plus la culture.. 156

TABLE DES FIGURES

Fig. 1. — Truelle ou transplantoir.................... 14
— 2. — Pied de fraisier au moment de la plantation...... 15
— 3. — Porte-fraises avec pieds mobiles.............. 21
— 4. — Plantation sur ados entouré de briques........ 29
— 5. — Bouture de fraisier........................... 41
— 6. — Couche pour la culture hâtée................. 51
— 7. — Serre à fraises pour la culture forcée......... 57

ANGERS, IMPRIMERIE P. LACHÈSE, BELLEUVRE ET DOLBEAU.

www.ingramcontent.com/pod-product-compliance
Lightning Source LLC
Chambersburg PA
CBHW051135260626
47170CB00005B/1824